D1720323

GEORGES SIMENON

MAIGRET UND DER VERRÜCKTE VON BERGERAC

ROMAN

Aus dem Französischen von
Hansjürgen Wille, Barbara Klau
und Svenja Tengs

K
A
M
P
A

Die französische Originalausgabe erschien 1932 unter dem Titel
Le fou de Bergerac im Verlag Fayard, Paris.
Die deutsche Erstausgabe erschien 1963 unter dem Titel
Maigret und der Verrückte im Verlag
Kiepenheuer & Witsch, Köln.
Die Übersetzung wurde für die vorliegende Ausgabe
von Svenja Tengs grundlegend überarbeitet.

Wenn Sie zweimal jährlich über unsere Neuerscheinungen
informiert werden möchten, schreiben Sie uns bitte an:
newsletter@kampaverlag.ch oder
Kampa Verlag, Hegibachstr. 2, 8032 Zürich, Schweiz

DIE GRÜNE SEITE DER KAMPA RED EYES
Gedruckt auf säurefreiem und chlorfrei gebleichtem
Papier aus verantwortungsvollen Quellen, zertifiziert
durch das Forest Stewardship Council. Der Einband
enthält kein Plastik, die Kaschierfolie ist aus nach-
wachsenden Rohstoffen hergestellt und kompostierbar.

Veröffentlicht als Kampa Red Eye
Copyright © 1932 by Georges Simenon Limited
GEORGES SIMENON ® Simenon.tm
MAIGRET ® Georges Simenon Limited
All rights reserved
Für die deutschsprachige Ausgabe
Copyright © 2021 by Kampa Verlag AG, Zürich
Covergestaltung: Herr K | Jan Kermes, Leipzig
Coverabbildung: Mathieu Persan © Kampa Verlag
Satz: Tristan Walkhoefer, Leipzig
Gesetzt aus der Stempel Garamond LT / 210130
Druck und Bindung: CPI books GmbH, Leck
Auch als E-Book erhältlich und als Hörbuch bei DAV
ISBN 978 3 311 12549 5

www.kampaverlag.ch

I

Der Reisende,
der nicht schlafen kann

Zufall auf ganzer Linie. Am Tag zuvor hatte Maigret noch nicht gewusst, dass er verreisen würde. Dabei war es die Jahreszeit, in der Paris ihn zu bedrücken begann: die grelle warme März-sonne gab bereits einen Vorgeschmack auf den Frühling.

Madame Maigret war für zwei Wochen im Elsass bei ihrer Schwester, die ein Kind erwartete.

Am Mittwochmorgen erhielt der Kommissar einen Brief von einem Kollegen der Kriminal-polizei, der vor zwei Jahren pensioniert worden war und sich in der Dordogne niedergelassen hatte.

… und vor allem: Wenn dich je ein glücklicher Zu-fall in diese Gegend verschlägt, bist du herzlich willkommen, ein paar Tage bei mir zu verbrin-gen. Ich habe eine ältere Hausangestellte, die nur zufrieden ist, wenn Gäste im Haus sind. Außer-dem beginnt die Lachssaison …

Ein Detail brachte Maigret zum Träumen: Im Briefkopf war die Seitenansicht eines Landhauses abgebildet, das von zwei runden Türmen flankiert wurde. Darunter die Wörter:

La Ribaudière
bei Villefranche-en-Dordogne

Gegen Mittag rief Madame Maigret aus dem Elsass an und berichtete, dass ihre Schwester voraussichtlich in der nächsten Nacht entbinden werde. Sie fügte hinzu:

»Man könnte glauben, es sei Sommer. Einige Obstbäume blühen schon.«

Zufall … Zufall … Ein wenig später war Maigret im Büro des Chefs. Sie plauderten.

»Übrigens, Sie waren noch nicht in Bordeaux wegen der Nachforschungen, über die wir gesprochen haben, oder?«

Ein unbedeutender Fall. Es war nicht dringend. Maigret würde bei Gelegenheit nach Bordeaux fahren, um im Stadtarchiv zu stöbern.

Eine Gedankenkette: Bordeaux – die Dordogne …

Und in diesem Augenblick fiel ein Sonnenstrahl auf die Kristallkugel, die der Chef als Briefbeschwerer benutzte.

»Keine schlechte Idee! Ich hab im Augenblick nichts Wichtiges zu tun.«

Am späten Nachmittag stieg er an der Gare d'Orsay mit einer Fahrkarte erster Klasse in den Zug nach Villefranche. Der Schaffner wies ihn darauf hin, dass er in Libourne umsteigen müsse.

»Es sei denn, Sie sind im Schlafwagen, der an den Anschlusszug angehängt wird.«

Maigret hörte kaum hin, las ein paar Zeitungen und begab sich in den Speisewagen, wo er bis zehn Uhr abends blieb.

Als er in sein Abteil zurückkehrte, waren die Vorhänge zugezogen, die Lampe war abgedunkelt und ein altes Ehepaar hatte die beiden Bänke in Beschlag genommen.

Der Schaffner kam vorbei.

»Ist zufällig noch ein Bett im Schlafwagen frei?«

»Nicht in der ersten Klasse. Aber ich glaube, in der zweiten. Wenn es Ihnen nichts ausmacht.«

»Natürlich nicht.«

Maigret ging mit seiner Reisetasche durch die Gänge. Der Schaffner öffnete mehrere Türen und fand schließlich das Abteil, in dem nur die obere Liege belegt war.

Auch hier war die Lampe abgedunkelt, und die Vorhänge waren zugezogen.

»Möchten Sie es heller haben?«

»Nein danke.«

Es herrschte eine feuchte Hitze. Irgendwo war ein leises Pfeifen zu hören, als wären die Heizungsrohre undicht. Im oberen Bett bewegte sich jemand und atmete schwer.

Geräuschlos zog der Kommissar Schuhe, Jacke und Weste aus. Er legte sich aufs Bett und griff nach seinem Hut, um ihn sich aufs Gesicht zu legen, denn von irgendwoher kam ein schwacher Luftzug.

Schlief er ein? Jedenfalls döste er. Vielleicht eine Stunde, vielleicht zwei, vielleicht noch länger. Aber er schlief nur halb.

Und dieser Halbschlaf wurde von einem Gefühl des Unbehagens beherrscht. Lag es an der Hitze, gegen die der Luftzug kaum etwas auszurichten vermochte?

Eher an dem Mann da oben, der nicht einen Augenblick ruhig lag!

Wie oft in der Minute warf er sich hin und her? Und das genau über Maigrets Kopf! Jede Bewegung verursachte ein lautes Knarren.

Er atmete unregelmäßig, als hätte er Fieber.

Bis Maigret genervt aufstand, auf den Gang hinaustrat und auf und ab ging. Aber dort war es zu kalt.

Also wieder das Abteil, der Dämmerzustand, der seltsame Empfindungen und Gedanken auslöst.

Er war vom Rest der Welt abgeschnitten. Eine Atmosphäre wie in einem Albtraum. Hatte sich der Mann oben nicht gerade auf die Ellbogen gestützt und sich hinuntergebeugt, um einen Blick auf seinen Reisegefährten zu werfen?

Maigret dagegen konnte sich nicht dazu durchringen, sich zu rühren. Die halbe Flasche Bordeaux und die beiden Cognac, die er im Speisewagen getrunken hatte, lagen ihm schwer im Magen.

Die Nacht zog sich hin. Wenn der Zug hielt, hörte man undeutlich Stimmen, Schritte im Gang, Türenschlagen. Man fragte sich, ob es je weitergehen würde.

Man hätte meinen können, der Mann weinte. Manchmal hörte er auf zu atmen. Dann schniefte er plötzlich. Er drehte sich um. Er schnäuzte sich.

Maigret bereute es, nicht bei dem alten Ehepaar in seinem Erste-Klasse-Abteil geblieben zu sein.

Er döste ein. Er wachte auf. Er schlief von Neuem ein. Schließlich hatte er genug. Er räusperte sich.

»Entschuldigen Sie, Monsieur, versuchen Sie doch bitte still zu liegen!«

Es war ihm unangenehm, weil seine Stimme viel unfreundlicher klang als beabsichtigt. Und wenn der Mann krank war?

Der andere antwortete nicht, rührte sich nicht. Wahrscheinlich bemühte er sich, jedes Geräusch zu vermeiden. Plötzlich fragte sich Maigret, ob es überhaupt ein Mann war. Es könnte auch eine Frau sein! Er hatte die Person nicht gesehen. Sie war unsichtbar, eingekeilt zwischen Matratze und Decke.

Die Hitze dort oben musste erdrückend sein. Maigret versuchte, die Heizung zu regulieren. Das Gerät war kaputt!

Mein Gott! Drei Uhr morgens!

›Ich muss jetzt endlich schlafen!‹

Aber an Schlaf war nicht zu denken. Er war inzwischen fast ebenso nervös wie sein Begleiter. Er horchte.

›Jetzt geht das schon wieder los ...‹

Maigret zwang sich, gleichmäßig zu atmen, und zählte bis fünfhundert, in der Hoffnung, endlich einzuschlafen.

Tatsächlich, der Mann weinte! Vielleicht war er wegen einer Beerdigung nach Paris gekommen. Oder es war genau andersherum. Er war ein armer Teufel, der in Paris arbeitete und schlechte Nachrichten aus der Heimat erhalten hatte. Die Mutter – oder die Frau – krank oder tot. Maigret bereute es, ihn so angefahren zu haben. Wer weiß, manchmal wurde ein Leichenwagen an den Zug angehängt.

Und die Schwägerin im Elsass, die kurz vor der Entbindung stand. Drei Kinder in vier Jahren!

Maigret schlief. Der Zug hielt an und fuhr weiter. Mit einem Höllenlärm überquerte er eine Eisenbrücke. Maigret riss die Augen auf.

Dann betrachtete er reglos die beiden Beine, die vor ihm herunterbaumelten.

Der Mann von oben hatte sich in seinem Bett

aufgesetzt. Äußerst behutsam schnürte er sich die Schuhe zu. Sie waren das Erste, was der Kommissar von ihm sah. Trotz der abgedunkelten Lampe bemerkte er, dass es Lackschuhe waren. Die Strümpfe dagegen waren aus grauer Wolle und schienen handgestrickt zu sein.

Der Mann hielt inne und lauschte. Vielleicht merkte er, dass sich der Rhythmus von Maigrets Atem verändert hatte? Der Kommissar begann wieder zu zählen.

Aber es fiel ihm schwer, weil er sich für die Hände interessierte, die die Schuhbänder knoteten und so sehr zitterten, dass sie denselben Knoten viermal von vorn beginnen mussten.

Der Zug fuhr durch einen kleinen Bahnhof, ohne anzuhalten. Man sah nur Lichter, die durch den Stoff der Vorhänge schimmerten.

Der Mann stieg herunter. Das Ganze glich immer mehr einem Albtraum. Er hätte ganz normal herunterkommen können. Hatte er Angst vor einer erneuten Zurechtweisung?

Lange tastete er mit dem Fuß nach der Leiter. Dabei wäre er fast gestürzt. Er kehrte Maigret den Rücken zu.

Und gleich darauf ging er hinaus, vergaß, die Tür wieder zu schließen, und verschwand im Gang.

Wäre die Tür nicht offen geblieben, wäre Maigret vielleicht wieder eingeschlafen. Aber er musste aufstehen, um sie zu schließen, und warf dabei einen Blick hinaus.

Er hatte gerade noch Zeit, seine Jacke anzuziehen, vergaß aber die Weste.

Denn der Unbekannte hatte am Ende des Gangs die Wagentür geöffnet. Das war kein Zufall! Im selben Augenblick wurde der Zug langsamer. Entlang der Gleise war schemenhaft ein Wald zu erkennen. Ein unsichtbarer Mond beleuchtete ein paar Wolken.

Die Bremsen quietschten. Von achtzig Stundenkilometern musste man die Geschwindigkeit auf dreißig, vielleicht noch weniger, gedrosselt haben.

Und der Mann sprang hinaus, verschwand hinter der Böschung, die er wahrscheinlich hinunterrollte.

Ohne lange nachzudenken, stürzte Maigret ihm hinterher. Er riskierte dabei nichts, denn der Zug fuhr jetzt noch langsamer.

Er fiel ins Leere. Er schlug mit der Seite auf, drehte sich dreimal um sich selbst und blieb dann vor einem Stacheldrahtzaun liegen.

Ein rotes Licht entfernte sich mit dem Rattern des Zugs.

Der Kommissar hatte sich nichts gebrochen. Er stand auf. Sein Begleiter musste heftiger gestürzt sein, denn fünfzig Meter weiter begann er gerade erst, sich langsam und schwerfällig aufzurichten.

Es war eine lächerliche Situation. Maigret fragte

sich, was ihn geritten hatte, als er auf die Böschung gesprungen war, während sein Gepäck nach Villefranche-en-Dordogne weiterreiste. Er wusste nicht einmal, wo er war!

Er sah nur Bäume: wahrscheinlich ein großer Wald. Irgendwo war der helle Streifen einer Straße, die zwischen den hohen Stämmen verschwand.

Warum rührte sich der Mann nicht mehr? Man sah nur einen kauernden Schatten. Hatte er seinen Verfolger gesehen? War er verletzt?

»He, Sie da«, rief Maigret ihm zu und tastete dabei nach seinem Revolver in der Tasche.

Ihm blieb keine Zeit, ihn zu ziehen. Er sah etwas Rotes. Plötzlich spürte er einen Schlag gegen die Schulter, noch bevor er den Knall des Schusses hörte.

Das hatte nur eine Zehntelsekunde gedauert, doch schon war der Mann aufgestanden, rannte durchs Unterholz, überquerte die Landstraße und verschwand in vollkommener Dunkelheit.

Maigret stieß einen Fluch aus. Tränen stiegen ihm in die Augen, nicht vor Schmerz, sondern aus Verblüffung, Wut und Verwirrung. Das war alles so schnell gegangen! Er befand sich in einer erbärmlichen Lage.

Der Revolver fiel ihm aus der Hand. Er bückte sich, um ihn wieder aufzuheben, und verzog das Gesicht. Seine Schulter schmerzte.

Genauer gesagt, war es etwas anderes: das Gefühl, dass eine Menge Blut herausfloss, dass bei jedem Herzschlag die warme Flüssigkeit aus der verletzten Ader spritzte.

Er wagte weder zu laufen noch sich zu rühren. Er hob nicht einmal seine Waffe auf.

Seine Schläfen waren feucht, seine Kehle wie zugeschnürt. Wie erwartet fühlte er mit der Hand eine klebrige Flüssigkeit im Schulterbereich. Er presste die Wunde zu und tastete nach der Ader, damit nicht noch mehr Blut herausfloss.

In seiner Benommenheit kam es ihm so vor, als würde der Zug kaum einen Kilometer von ihm entfernt halten und lange, lange stehen bleiben, während er angstvoll die Ohren spitzte.

Was kümmerte es ihn, ob der Zug gehalten hatte? Es war nur ein Impuls. Das fehlende Rattern des Zugs erschreckte ihn wie eine plötzliche Leere.

Endlich! Weiter hinten ertönte das Geräusch wieder. Etwas Rotes bewegte sich hinter den Bäumen am Himmel.

Dann nichts mehr.

Maigret stand auf und hielt sich die Schulter mit der rechten Hand. Es hatte die linke Schulter erwischt. Er versuchte, den linken Arm zu bewegen, konnte ihn ein wenig heben, doch er war zu schwer, und er ließ ihn wieder fallen.

Totenstille im Wald. Man könnte meinen, der

Mann hätte seine Flucht aufgegeben und sich irgendwo im Gebüsch versteckt. Und wenn Maigret zur Straße ging, würde er dann nicht erneut schießen, um ihm den Rest zu geben?

»Idiot! Idiot! Idiot!«, brummte Maigret, der sich hundeelend fühlte.

Warum hatte er auch aus dem Zug springen müssen? In der Morgendämmerung würde sein Freund Leduc ihn an der Gare de Villefranche erwarten. Die Haushälterin würde Lachs zubereitet haben.

Maigret schleppte sich voran. Nach drei Metern blieb er stehen, taumelte weiter, blieb erneut stehen.

In der Dunkelheit war nur der schwache Lichtschein der Straße zu sehen, eine weiße Straße, staubig wie im Hochsommer. Das Blut floss immer noch, wenn auch weniger stark. Maigrets Hand verhinderte, dass allzu viel herausquoll. Die Hand war jedenfalls völlig verklebt.

Auch wenn man etwas anderes hätte vermuten können, war er erst dreimal in seinem Leben verletzt worden. Ihm war so unheimlich zumute, als läge er auf einem Operationstisch. Ein heftiger Schmerz wäre ihm lieber gewesen als dieser langsame Blutverlust.

Es wäre zu dumm, hier ganz allein in der Nacht zu sterben, ohne auch nur zu wissen, wo er war. Während sein Gepäck ohne ihn weiterfuhr.

Sollte der Mann doch schießen! Er ging, so

schnell er konnte, nach vorn gebeugt, halb ohnmächtig. Er gelangte zu einem Wegweiser. Aber nur die rechte Seite wurde vom Mondschein erhellt: *3,5 Kilometer.*

Was lag da in 3,5 Kilometern Entfernung? Welche Stadt? Welches Dorf?

Das Muhen einer Kuh drang von dort herüber. Der Himmel war ein wenig heller. Vermutlich Osten. Bald würde es dämmern.

Der Fremde schien nicht mehr da zu sein. Oder er war von seinem Vorhaben abgerückt, den Verletzten zur Strecke zu bringen. Maigret schätzte, dass seine Kraft noch drei oder vier Minuten reichen würde. Er wollte versuchen, sie zu nutzen. Er marschierte wie in der Kaserne mit regelmäßigen Schritten, die er zählte, um nicht nachzudenken.

Die Kuh, die gemuht hatte, musste zu einem Bauernhof gehören. Bauern standen früh auf. Also …

Es floss an seiner linken Seite herunter, unter dem Hemd, unter dem Hosenbund. War das ein Licht, das er sah? Oder phantasierte er bereits?

›Wenn ich mehr als einen Liter Blut verliere‹, dachte er.

Es war ein Licht. Aber um dorthin zu gelangen, musste er über einen gepflügten Acker gehen, was noch mühsamer war. Seine Füße versanken im Boden. Er stieß gegen einen Traktor, der dort stand.

»Ist dort jemand? … Hallo! … Ist dort jemand? Schnell!«

Dieses verzweifelte »Schnell« war ihm herausgerutscht. Er lehnte sich an den Traktor. Er glitt zu Boden, setzte sich auf die Erde und hörte, wie sich eine Tür öffnete. Er sah eine Laterne schwanken, an einem Arm.

»Schnell!«

Dass der Mann, der auf ihn zukam, bloß daran dachte, die Blutung zu stoppen! Maigrets Hand löste sich und fiel schlaff an seiner Seite herunter.

»Eins, zwei … Eins, zwei.«

Jedes Mal strömte neues Blut heraus.

Verworrene Bilder, dazwischen immer wieder diese Leere, an deren Rändern der Schrecken lauert, wie man ihn aus Albträumen kennt.

Ein Rhythmus. Die Schritte eines Pferdes. Stroh unter dem Kopf und Bäume, die rechts vorbeigleiten.

Jetzt begriff Maigret. Er lag in einem Karren. Es war hell. Sie fuhren langsam eine von Platanen gesäumte Straße entlang.

Er schlug die Augen auf, ohne sich zu bewegen. Schließlich sah er in seinem Blickfeld einen Mann, der lässig neben dem Wagen schritt und in einer Hand eine Peitsche schwang.

Ein Albtraum? Maigret hatte das Gesicht des

Mannes im Zug nicht gesehen, nur seine vagen Umrisse, seine Lackschuhe und grauen Wollstrümpfe.

Warum dachte er dann, dass dieser Bauer, der den Wagen lenkte, der Mann aus dem Zug war?

Er sah ein verwittertes Gesicht mit dickem grauen Schnurrbart, dichten Augenbrauen und hellen Augen, die starr geradeaus blickten, ohne sich um den Verwundeten zu kümmern.

Wo war er? Wohin fuhr er?

Der Kommissar bewegte die Hand und fühlte etwas Ungewöhnliches an seiner Brust, etwas wie einen dicken Verband.

Doch im selben Augenblick, in dem ein greller Sonnenstrahl ihn blendete, gerieten seine Gedanken durcheinander.

Schließlich tauchten Häuser mit weißen Fassaden auf. Eine breite sonnenbeschienene Straße. Geräusche hinter dem Karren, die wie die Schritte einer Menschenmenge klangen. Und Stimmen. Aber er konnte die Worte nicht verstehen. Das Holpern des Wagens bereitete ihm Schmerzen.

Endlich hörte es auf. Dann ein Schwanken und Schlingern, wie er es noch nie erlebt hatte.

Er lag auf einer Tragbahre. Vor ihm ging ein Mann in weißem Kittel. Man schloss ein großes Tor, hinter dem sich die Menge drängte. Jemand kam angelaufen.

»Bringen Sie ihn sofort in den Operationssaal.«

Er drehte nicht den Kopf und dachte auch nicht nach, und doch sah er alles.

Man trug ihn durch einen Park mit kleinen, sehr sauberen weißen Backsteinhäusern. Auf Bänken saßen Leute in grauen Hemden. Manche hatten den Kopf oder das Bein verbunden. Krankenschwestern eilten geschäftig hin und her.

In seinem trägen Geist versuchte er vergeblich das Wort »Krankenhaus« zu bilden.

Wo war der Bauer, der dem Mann im Zug ähnelte?

Au! Es ging eine Treppe hinauf. Das tat weh.

Als Maigret wieder erwachte, sah er einen Mann, der sich die Hände wusch und ihn ernst anblickte.

Er fühlte einen Stich in der Brust. Dieser Mann hatte einen Spitzbart und dichte Augenbrauen!

Ähnelte er dem Bauern? Jedenfalls dem Mann aus dem Zug.

Maigret konnte nicht sprechen. Er öffnete den Mund. Der Mann mit dem Spitzbart sagte ruhig:

»Legen Sie ihn auf Zimmer drei. Es ist besser, wenn er allein ist, wegen der Polizei.«

Wieso wegen der Polizei? Was sollte das heißen?

Wieder trugen ihn Menschen in weißen Kitteln durch den Park. Die Sonne schien so strahlend, wie der Kommissar es noch nie erlebt hatte: so hell und heiter, dass sie die hintersten Ecken auszuleuchten schien.

Man legte ihn in ein Bett. Die Wände waren weiß. Hier war es fast genauso heiß wie im Zug.

Irgendwo sagte eine Stimme:

»Der Kommissar fragt, wann er …«

Der Kommissar, war das nicht er? Aber er hatte nichts gefragt! Das Ganze war lächerlich.

Vor allem die Geschichte mit dem Bauern, der dem Arzt und dem Mann aus dem Zug ähnelte!

Hatte der Mann im Zug überhaupt einen grauen Spitzbart gehabt? Einen Schnurrbart? Dichte Augenbrauen?

»Machen Sie den Mund auf. Gut, das reicht.«

Es war der Arzt, der ihm etwas in den Mund einflößte. Um ihn zu vergiften und ihm endgültig den Rest zu geben!

Als Maigret gegen Abend wieder zu Bewusstsein kam, ging die Schwester, die bei ihm wachte, in den Flur des Krankenhauses, wo fünf Männer warteten: der Untersuchungsrichter von Bergerac, der Staatsanwalt, der Polizeikommissar, ein Schreiber und der Gerichtsmediziner.

»Sie können eintreten. Aber der Professor bittet Sie, den Patienten nicht zu sehr zu ermüden. Übrigens guckt er so merkwürdig, dass es mich nicht wundern würde, wenn er verrückt wäre.«

Und die fünf Männer blickten einander mit einem verständnisvollen Lächeln an.

2

Fünf enttäuschte Männer

Es ähnelte einer von schlechten Schauspielern gespielten Szene in einem Melodram: Die Schwester zog sich lächelnd zurück und warf einen letzten Blick auf Maigret.

Einen Blick, der besagte: ›Ich überlasse ihn jetzt Ihnen.‹

Und die fünf Herren nahmen mit ihrem heiteren und zugleich drohenden Lächeln Besitz von dem Raum. Es fühlte sich unecht an, als ob sie es absichtlich täten und Maigret einen Streich spielen wollten!

»Legen Sie los, Herr Staatsanwalt.«

Ein winziger Mann mit Bürstenschnitt und einem finsteren Blick, den er gewiss für seinen Beruf einstudiert hatte. Was für eine aufgesetzte Kälte und Bosheit!

Er ging nur an Maigrets Bett vorbei, um ihn kurz anzublicken, und stellte sich dann wie bei einer Zeremonie an die Wand, den Hut in der Hand.

Der Untersuchungsrichter tat es ihm nach, wobei er den Verletzten grinsend ansah, und stellte sich dann neben seinem Vorgesetzten auf.

Anschließend der Schreiber.

Jetzt waren es schon drei, die wie Verschwörer an der Wand standen! Nun gesellte sich auch noch der Gerichtsmediziner zu ihnen.

Blieb nur noch der Polizeikommissar, ein dicker Mann mit hervorquellenden Augen, der die Rolle des Scharfrichters spielen sollte.

Ein Blick zu den anderen. Dann legte er langsam seine Hand auf Maigrets Schulter.

»Reingefallen, was?«

Unter anderen Umständen wäre das vielleicht zum Schreien komisch gewesen, aber Maigret lächelte nicht einmal, sondern runzelte beunruhigt die Stirn.

Beunruhigt um seiner selbst willen! Er hatte immer noch das Gefühl, dass die Grenze zwischen Wirklichkeit und Traum zusehends verwischte.

Und jetzt spielte man ihm diese unglaubliche Parodie einer Untersuchung vor! Es mutete grotesk an, doch der Polizeikommissar gab sich gewitzt.

»Ich muss zugeben, ich freue mich, endlich deine Visage zu sehen.«

Und die vier anderen an der Wand sahen zu, ohne mit der Wimper zu zucken.

Zu seiner eigenen Verwunderung stieß Maigret einen langen Seufzer aus und zog die rechte Hand unter der Decke hervor.

»Auf wen hattest du es heute Nacht abgesehen? Wieder auf eine Frau oder ein Mädchen?«

Erst in diesem Moment wurde Maigret bewusst, was er alles würde sagen müssen, um die Situation zu erklären. Und das erschreckte ihn. Ihm graute davor. Er war ausgelaugt. Er war müde. Sein ganzer Körper schmerzte.

»So viel …«, stammelte er mechanisch und machte eine schlaffe Handbewegung.

Die anderen verstanden nicht. Er wiederholte leiser:

»So viel … Morgen …«

Er schloss die Augen. Schon bald verschmolzen der Staatsanwalt, der Richter, der Gerichtsmediziner, der Kommissar und der Schreiber zu einer Person, die dem Chirurgen, dem Bauern und dem Mann im Zug glich.

Am nächsten Morgen saß er in seinem Bett, oder vielmehr wurde sein Oberkörper von zwei Kissen gestützt. Er betrachtete die Schwester, die in der Sonne hin und her ging und das Zimmer aufräumte.

Sie war eine schöne, hochgewachsene, kräftige junge Frau mit grellblondem Haar. Sie musterte den Verletzten unaufhörlich, herausfordernd und ängstlich zugleich.

»Sagen Sie, gestern waren doch fünf Herren hier?«

Von oben herab erwiderte sie in spöttischem Ton:

»Das zieht bei mir nicht.«

»Schön. Dann sagen Sie mir, was sie hier wollten.«

»Ich bin nicht berechtigt, mit Ihnen zu sprechen. Ich sage Ihnen gleich, ich werde alles weitergeben, was Sie mir erzählen.«

Am merkwürdigsten war, dass Maigret die Situation in gewisser Weise genoss, so wie man am frühen Morgen bestimmte Träume unbedingt zu Ende träumen will, bevor man richtig aufwacht.

Die Sonne schien so strahlend wie auf Märchenbildern. Irgendwo draußen ritten Soldaten vorbei. Als sie um die Ecke bogen, ertönten triumphale Trompetenklänge.

Im selben Augenblick ging die Schwester nahe am Bett vorbei. Maigret, der ihre Aufmerksamkeit auf sich lenken und sie noch etwas fragen wollte, hielt sie am Rocksaum fest.

Sie wirbelte herum, stieß einen fürchterlichen Schrei aus und ergriff die Flucht.

Erst kurz vor Mittag klärte sich alles auf. Der Chirurg war damit beschäftigt, Maigret den Verband abzunehmen, als der Polizeikommissar erschien. Er trug einen nagelneuen Strohhut und eine königsblaue Krawatte.

»Sind Sie denn nicht einmal auf die Idee gekommen, in meiner Brieftasche nachzusehen?«, fragte Maigret freundlich.

»Sie wissen ganz genau, dass Sie keine Brieftasche haben!«

»Nun, es wird sich alles klären. Dann rufen Sie die Kriminalpolizei in Paris an. Man wird Ihnen dort sagen, dass ich Kommissar Maigret bin. Wenn Ihnen das zu lange dauert, benachrichtigen Sie meinen Kollegen Leduc, der ein Landhaus in Ville-franche hat. Aber vor allem sagen Sie mir bitte, wo ich bin.«

Der andere gab noch nicht nach. Er lächelte süffisant und stieß sogar den Chirurgen mit dem Ellbogen in die Seite.

Bis zu Leducs Erscheinen, der in einem alten Ford angefahren kam, blieben alle sehr zurückhaltend.

Aber dann musste man endlich zugeben, dass Maigret wirklich Maigret und nicht der Verrückte von Bergerac war.

Leduc hatte den frischen rosigen Teint eines Rentners, der es sich gut gehen ließ. Seit er die Kriminalpolizei verlassen hatte, rauchte er angeblich nur noch Meerschaumpfeife, deren Mundstück aus Kirschholz aus seiner Tasche ragte.

»Ich erzähl dir kurz, wie alles kam. Ich bin ja nicht aus Bergerac, aber ich fahre jeden Samstag mit meinem Wagen zum Markt dorthin. Wenn ich schon einmal da bin, gehe ich im Hôtel d'Angleterre essen. Nun, vor etwa einem Monat hat man auf der Landstraße eine tote Frau entdeckt. Erdrosselt, genauer gesagt. Und nicht nur das! Nachdem sie tot war, ist der Mörder mit größter Brutalität vorgegangen und hat ihr eine lange Nadel ins Herz gestochen.«

»Wer war diese Frau?«

»Léontine Moreau, vom Hof Moulin-Neuf. Man hat ihr nichts gestohlen.«

»Und sie nicht …«

»Nein, nicht vergewaltigt. Sie ist eine hübsche Frau Anfang dreißig. Das Verbrechen fand bei Einbruch der Dunkelheit statt, als sie gerade von ihrer Schwägerin zurückkam. So war es bei der einen! Bei der anderen …«

»Es waren zwei?«

»Zweieinhalb. Die andere ist ein sechzehnjähriges Mädchen, die Tochter des Bahnhofsvorstehers, die eine Fahrradtour gemacht hat. Man hat sie im selben Zustand gefunden.«

»Am Abend?«

»Am nächsten Morgen. Aber das Verbrechen wurde abends begangen. Und schließlich die Dritte: ein Zimmermädchen aus dem Hotel, das zu ihrem Bruder wollte, einem Straßenwärter, der fünf, sechs Kilometer die Straße runter auf einer Baustelle arbeitet. Sie ist zu Fuß gegangen. Plötzlich hat sie jemand von hinten gepackt und zu Boden geworfen. Aber sie ist stark und hat es geschafft, dem Mann ins Handgelenk zu beißen. Er hat geflucht und ist weggelaufen. Sie hat ihn nur undeutlich von hinten gesehen, wie er ins Unterholz gerannt ist.«

»Das ist alles?«

»Das ist alles. Die Leute sind davon überzeugt, dass es sich um einen Verrückten handelt, der sich in den umliegenden Wäldern herumtreibt. Man will auf keinen Fall etwas davon hören, dass es auch jemand aus der Stadt sein könnte. Als der Bauer gemeldet hat, dass er dich auf der Straße gefunden hat, dachte man, du seist der Mörder und hättest dich beim Versuch eines neuen Verbrechens verletzt.«

Leduc war ernst. Anscheinend konnte er nichts Komisches an der Verwechslung finden.

»Übrigens«, fügte er hinzu, »gibt's Leute, die sich nicht vom Gegenteil überzeugen lassen werden.«

»Wer untersucht die Verbrechen?«

»Die Staatsanwaltschaft und die Ortspolizei.«

»Würdest du mich jetzt schlafen lassen?«

Es lag vermutlich an seinem geschwächten Zustand: Maigret hatte die ganze Zeit über das unwiderstehliche Verlangen zu schlafen. Er fühlte sich nur im Halbschlaf wohl, die Augen geschlossen, am liebsten zur Sonne gedreht, deren Strahlen durch die Augenlider drangen.

Nun gab es neue Personen, die er sich vorstellen, im Geiste zum Leben erwecken konnte, wie ein Kind, das die bunten Soldaten aus seiner Kiste marschieren lässt.

Die dreißigjährige Bäuerin. Die Tochter des Bahnhofsvorstehers. Das Zimmermädchen aus dem Hotel.

Er erinnerte sich an den Wald, die hohen Bäume, die helle Straße und stellte sich den Angriff vor, das Opfer, das sich im Staub wälzte, der Täter, der seine lange Nadel schwang.

Es war unwirklich. Vor allem, wenn man es sich in diesem Krankenhauszimmer vorstellte, in dem nur die friedlichen Geräusche der Straße zu hören waren. Unter Maigrets Fenster versuchte jemand mindestens zehn Minuten lang, sein Auto anzulassen. Der Chirurg kam in einem leisen, schnellen Wagen, den er selbst fuhr.

Es war acht Uhr abends, und die Lampen brannten, als er sich über Maigrets Kopfende beugte.

»Ist es ernst?«

»Es wird vor allem lange dauern. Zweiwöchige Bettruhe ...«

»Könnte ich nicht in ein Hotel umziehen?«

»Gefällt es Ihnen hier nicht? Natürlich, wenn Sie jemanden haben, der Sie pflegt.«

»Sagen Sie, unter uns, was halten Sie von dem Verrückten von Bergerac?«

Der Arzt schwieg eine Weile. Maigret stellte seine Frage genauer: »Denken Sie wie die anderen, dass es ein Irrer ist, der im Wald lebt?«

»Nein.«

Natürlich nicht! Maigret hatte Zeit gehabt, darüber nachzudenken und sich ähnliche Fälle ins Gedächtnis zu rufen, mit denen er zu tun gehabt oder von denen er gehört hatte.

»Ein Mann also, der sich im Alltag verhält wie Sie und ich?«

»Wahrscheinlich.«

»Mit anderen Worten, es besteht durchaus die Möglichkeit, dass er in Bergerac wohnt und hier irgendeinen Beruf ausübt.«

Der Chirurg warf ihm einen seltsamen Blick zu, zögerte, wurde verlegen.

»Haben Sie eine Idee?«, fuhr Maigret fort, ohne ihn aus den Augen zu lassen.

»Ich hatte schon viele, eine nach der anderen … Ich habe sie alle voller Abscheu wieder verworfen. Unter einem bestimmten Blickwinkel betrachtet erscheinen alle Menschen verrückt.«

Maigret lachte.

»Und Sie haben gleich an die ganze Stadt gedacht! Vom Bürgermeister und sogar vom Staatsanwalt bis zum Erstbesten, der Ihnen über den Weg gelaufen ist. Ganz zu schweigen von Ihren Kollegen und dem Pförtner des Krankenhauses.«

Nein, der Chirurg lachte nicht.

»Einen Augenblick. Nicht bewegen«, sagte er, als er die Wunde mit einer feinen Sonde untersuchte. »Es ist schlimmer, als Sie glauben.«

»Wie viele Einwohner hat Bergerac?«

»An die sechzehntausend. Für mich deutet alles darauf hin, dass der Verrückte einer höheren sozialen Schicht angehört. Und sogar …«

»Die Nadel auf jeden Fall«, murmelte Maigret und schnitt eine Grimasse, weil der Chirurg ihm wehtat.

»Was meinen Sie damit?«

»Dass diese Nadel, die zweimal hintereinander genau ins Herz gestochen wurde, auf anatomische Kenntnisse des Täters schließen lässt.«

Schweigen. Der Chirurg machte ein sorgenvolles Gesicht. Er legte den Verband wieder um Maigrets Schulter und Oberkörper und erhob sich mit einem Seufzer.

»Sie sagten, Sie würden lieber in einem Hotelzimmer unterkommen?«

»Ja, ich werde meine Frau bitten zu kommen.«

»Wollen Sie sich mit diesem Fall befassen?«

»Und ob ich das will!«

Ein Schauer hätte genügt, um alles zu verderben, aber es fiel mindestens vierzehn Tage lang kein Regentropfen.

Und Maigret zog in das schönste Zimmer des Hôtel d'Angleterre im ersten Stock. Sein Bett wurde dicht an die Fenster geschoben, sodass er das Panorama des großen Platzes genießen und beobachten konnte, wie der Schatten langsam von einer Häuserreihe zu der gegenüberliegenden wanderte.

Madame Maigret fand sich mit der Situation ab, wie sie sich mit allem abfand: ohne Erstaunen oder Erregung. Sie war kaum eine Stunde da, und schon wurde es ihr Zimmer, dem sie kleine Annehmlichkeiten hinzufügte und ihre persönliche Note verlieh.

Zwei Tage zuvor musste es genauso gewesen sein, als sie am Bett ihrer Schwester im Elsass gesessen hatte, nachdem das Kind geboren worden war.

»Ein kräftiges Mädchen. Du hättest sie sehen sollen. Sie wiegt fünf Kilo.«

Sie befragte den Chirurgen.

»Was darf er essen, Doktor? Eine gute Hühnerbrühe? Aber eins müssen Sie ihm verbieten: seine Pfeife! Es ist wie mit dem Bier. In einer Stunde wird er mich darum bitten.«

Die Tapete war rot-grün gestreift. Ein grelles Rot, Ein giftiges Grün. Lange Streifen, die im Sonnenlicht kreischten.

Und die kleinen, unscheinbaren Hotelmöbel aus lackierter Pechkiefer standen nicht gerade fest auf ihren allzu dünnen Beinchen.

Ein riesiges Zimmer mit zwei Betten und einem zweihundert Jahre alten Kamin, in den man einen billigen Heizkörper eingebaut hatte.

»Ich frage mich nur, warum du dem Mann hinterhergesprungen bist. Stell dir vor, du wärst unter den Zug gekommen … Da fällt mir ein, ich werde dir eine *crème au citron* machen. Ich hoffe, sie lassen mich die Küche benutzen.«

Die Momente des Träumens wurden immer seltener. Selbst wenn er im Sonnenschein die Augen schloss, waren Maigrets Gedanken fast klar.

Doch er beschäftigte sich weiter mit Gestalten, die er in seiner Vorstellung heraufbeschworen oder rekonstruiert hatte.

»Das erste Opfer, die Bäuerin. Verheiratet? Kinder?«

»Verheiratet mit dem Sohn des Bauern. Aber sie verstand sich nicht sehr gut mit ihrer Schwiegermutter, die ihr vorwarf, zu eitel zu sein und sich fürs Kühemelken seidene Unterwäsche anzuziehen.«

Geduldig und liebevoll, wie ein Maler ein Bild zeichnete, entwarf Maigret im Geist ein Porträt der Bäuerin, die er sich reizend, wohlgenährt und gepflegt vorstellte, die moderne Ideen ins Haus ihrer Schwiegereltern brachte und Pariser Modekataloge las.

Sie kam aus der Stadt zurück. Er sah die Landstraße deutlich vor sich. Wahrscheinlich sahen sie alle gleich aus, mit großen, schattenspendenden Bäumen auf beiden Seiten und dem kreidigen, sehr weißen Boden, der beim leisesten Sonnenstrahl flimmerte.

Dann das Mädchen auf dem Fahrrad.

»Hatte sie einen Freund?«

»Davon hat niemand gesprochen. Sie fuhr jedes Jahr in den Ferien für zwei Wochen zu einer Tante nach Paris.«

Das Bett war feucht. Der Chirurg kam zweimal täglich. Nach dem Mittagessen kam Leduc in seinem Ford angefahren und manövrierte ungeschickt unter den Fenstern hin und her, bis er eingeparkt hatte.

Am dritten Morgen tauchte er wie der Polizeikommissar mit einem Strohhut auf.

Der Staatsanwalt kam zu Besuch. Er hielt Madame Maigret für das Zimmermädchen und reichte ihr Stock und Melone.

»Sie entschuldigen doch hoffentlich die Verwechslung. Aber da Sie keine Papiere bei sich hatten ...«

»Ja, meine Brieftasche ist verschwunden. Aber nehmen Sie doch Platz, Herr Staatsanwalt.«

Er strahlte immer noch etwas Aggressives aus, doch dafür konnte er nichts. Es lag an seiner kurzen runden Nase und dem allzu steifen Schnurrbart.

»Dieser Fall ist bedauerlich und eine Gefahr für den Frieden dieser schönen Gegend. Wenn so etwas in Paris passiert, wo man täglich dem Laster frönt ... Aber hier ...«

Kaum zu glauben! Auch er hatte dichte Augenbrauen. Wie der Bauer! Wie der Arzt! Dichte graue Augenbrauen, die Maigret unwillkürlich mit dem Mann aus dem Zug in Verbindung brachte.

Und einen Stock mit einem geschnitzten Elfenbeinknauf.

»Nun, ich hoffe, Sie erholen sich schnell wieder und behalten unsere Gegend nicht in allzu schlechter Erinnerung.«

Es war nur ein Höflichkeitsbesuch. Er hatte es eilig, wieder zu gehen.

»Sie haben einen ausgezeichneten Arzt. Er ist ein Schüler von Martel. Schade nur, dass ansonsten ...«

»Was ansonsten?«

»Ach, ich habe nur laut gedacht. Kein Grund zur Sorge. Bis bald. Ich werde mich jeden Tag erkundigen, wie es Ihnen geht.«

Maigret aß seine *crème au citron,* die ein Meisterwerk war. Aber ihm machte der Duft von Trüffeln zu schaffen, der aus dem Speisesaal heraufstieg.

»Unglaublich!«, sagte seine Frau. »Hier servieren sie Trüffel wie anderswo *pommes à l'huile.* Man könnte meinen, sie kosten nur zwei Sou! Selbst im Menü für fünfzehn Franc ...«

Und wieder tauchte Leduc auf.

»Setz dich. Etwas *crème*? Nein? Was weißt du über das Privatleben meines Arztes, dessen Namen ich nicht mal weiß?«

»Doktor Rivaud. Ich weiß nicht viel über ihm. Es heißt, er lebe mit seiner Frau und seiner Schwägerin zusammen. Die Leute hier behaupten, seine Schwägerin sei ebenso seine Frau wie die andere. Aber ...«

»Und der Staatsanwalt?«

»Monsieur Duhourceau? Hat man es dir schon gesagt?«

»Sag schon!«

»Seine Schwester, die Witwe eines Schiffskapitäns, ist verrückt. Andere behaupten, er habe sie wegen ihres Vermögens einweisen lassen.«

Maigret jubelte. Sein ehemaliger Kollege blickte ihn verblüfft an, wie er dort im Bett saß und mit halb zugekniffenen Augen auf den Platz blickte.

»Und weiter?«

»Nichts. In Kleinstädten ...«

»Nur dass diese Kleinstadt nicht wie andere ist, mein Lieber. In dieser Kleinstadt gibt es einen Verrückten.«

Das Seltsamste war, dass Leduc wirklich besorgt schien.

»Ein Verrückter auf freiem Fuß! Ein Verrückter, der nur ab und zu verrückt ist und sich den Rest der Zeit so verhält und redet wie du und ich.«

»Langweilt sich deine Frau hier nicht zu sehr?«

»Sie stellt in der Küche alles auf den Kopf. Sie gibt dem Koch Rezepte und schreibt sich welche von ihm ab. Vielleicht ist der Koch der Verrückte.«

Es war ein wahrer Rausch, dem Tod entgangen zu sein, sich auf dem Weg der Besserung zu befinden und gepflegt zu werden, besonders in dieser unwirklichen Atmosphäre.

Und dennoch sein Gehirn arbeiten zu lassen, nur zum Vergnügen.

Eine Gegend, eine Stadt von seinem Bett, seinem Fenster aus zu studieren.

»Gibt's hier eine Stadtbibliothek?«

»Natürlich!«

»Wunderbar. Wärst du so gut, mir alles zu besorgen, was du dort über Geisteskrankheiten, Perversionen und Besessene finden kannst? Und bring mir auch das Telefonbuch mit! Sehr aufschlussreich, so ein Telefonbuch. Frag unten, ob ihr Apparat eine lange Schnur hat und ob sie ihn mir hin und wieder heraufbringen können.«

Die Trägheit kam zurück. Maigret spürte sie sich anbahnen wie ein Fieber, das von jeder Faser seines Körpers Besitz ergriff.

»Übrigens, morgen isst du hier zu Mittag. Es ist Samstag, und …«

»Und ich muss eine Ziege kaufen«, vollendete

Leduc den Satz, während er sich nach seinem Strohhut umsah.

Als er hinausging, hatte Maigret schon die Augen geschlossen und atmete regelmäßig mit halb geöffnetem Mund.

Im Flur des Erdgeschosses stieß der pensionierte Kommissar auf Doktor Rivaud. Er nahm ihn beiseite und zögerte lange, ehe er murmelte:

»Sind Sie sicher, dass diese Verletzung sich nicht auf … die Intelligenz meines Freundes ausgewirkt hat? Zumindest auf … Ich weiß nicht, wie ich es sagen soll. Verstehen Sie?«

Der Arzt machte eine vage Handbewegung.

»Ist er für gewöhnlich intelligent?«

»Sehr! Er wirkt nicht immer so, aber …«

»Ach!«

Und der Chirurg ging mit nachdenklicher Miene die Treppe hinauf.

3

Die Zweite-Klasse-Fahrkarte

Maigret hatte Paris am Mittwochnachmittag verlassen. In der Nacht wurde er in der Nähe von Bergerac angeschossen. Den Donnerstag und Freitag verbrachte er im Krankenhaus. Am Samstag kam seine Frau aus dem Elsass, und Maigret zog mit ihr in das große Zimmer im ersten Stock des Hôtel d'Angleterre.

Am Montag sagte Madame Maigret plötzlich:

»Warum bist du nicht mit dem Freifahrschein gefahren?«

Es war vier Uhr nachmittags. Madame Maigret, die nie lange still sitzen konnte, räumte zum dritten Mal das Zimmer auf.

Die hellen Jalousien vor den Fenstern waren halb heruntergelassen. Hinter ihren leuchtenden Flächen drangen Geräusche geschäftigen Treibens herein.

Maigret, der eine seiner ersten Pfeifen rauchte, blickte seine Frau erstaunt an. Während sie auf seine Antwort wartete, schien sie seinem Blick auszuweichen und vor Verlegenheit zu erröten.

Die Frage war albern. Tatsächlich besaß er wie alle Kriminalkommissare der mobilen Brigade eine Freifahrkarte für die erste Klasse, mit der er in ganz Frankreich herumreisen konnte. Er hatte sie auf der Fahrt von Paris hierher benutzt.

»Komm, setz dich zu mir«, sagte er.

Und er sah, dass seine Frau zögerte. Er zwang sie fast, sich auf die Bettkante zu setzen.

»Sag schon!«

Als er sie verschmitzt anblickte, wurde sie noch verlegener.

»Ich hätte das nicht fragen sollen. Ich hab's nur getan, weil du manchmal so merkwürdig bist.«

»Du auch!«

»Was meinst du?«

»Dass alle mich merkwürdig finden und meine Geschichte mit dem Zug nicht recht glauben. Und jetzt ...«

»Ja, und jetzt das. Vorhin habe ich im Flur das hier vor unserer Tür gefunden, als ich die Fußmatte verrückt habe.«

Obwohl sie im Hotel waren, trug sie eine Schürze, um sich ein wenig wie zu Hause zu fühlen, wie sie sagte. Sie zog ein kleines Pappstück aus der Tasche. Es war eine Zweite-Klasse-Fahrkarte Paris-Bergerac, datiert auf den letzten Mittwoch.

»Neben der Matte«, wiederholte Maigret. »Nimm ein Blatt Papier und einen Bleistift.«

Sie tat es, ohne zu verstehen, was er damit bezweckte, und befeuchtete die Bleistiftspitze mit der Zunge.

»Schreib! Erstens: Der Hotelbesitzer ist um neun Uhr morgens aufgetaucht, um sich nach meinem Befinden zu erkundigen. Dann der Chirurg, um kurz vor zehn. Schreib die Namen untereinander. Der Staatsanwalt war mittags hier. Als er gerade ging, ist der Polizeikommissar gekommen.«

»Leduc war auch da«, warf Madame Maigret ein.

»Stimmt! Schreib ihn auf! Sind das alle? Außer ihnen könnte natürlich irgendein Hotelangestellter oder Reisender das Ticket im Flur fallen gelassen haben.«

»Nein.«

»Warum nicht?«

»Weil der Flur nur zu diesem Zimmer führt. Aber es könnte noch jemand sein, der an der Tür gelauscht hat.«

»Man soll mich mit dem Bahnhofsvorsteher verbinden!«

Maigret kannte weder die Stadt noch den Bahnhof noch die Orte, von denen die Leute ihm erzählten. Dennoch hatte er in seiner Vorstellung schon ein ziemlich genaues, fast vollständiges Bild von Bergerac.

In einem *Guide Michelin* fand er einen Stadtplan. Nun, er wohnte mitten im Zentrum. Der Platz, den er überblickte, war der Marktplatz, das Gebäude rechts das Palais de Justice.

Im Reiseführer hieß es:

Hôtel d'Angleterre. Erstklassig. Zimmer ab 25 Franc. Bäder. Gerichte 15 bis 18 Franc. Spezialität: Trüffel, foie gras, Hühnerballottins, Lachs aus der Dordogne.

Die Dordogne floss unsichtbar in Maigrets Rücken, aber er verfolgte ihren Lauf mithilfe einer Reihe von Ansichtskarten. Auf einer weiteren sah er den Bahnhof. Er wusste, dass das Hôtel de France auf der anderen Seite des Platzes lag und mit dem Hôtel d'Angleterre konkurrierte.

Er stellte sich die Straßen vor, die zu Landstraßen führten, wie zu jener, über die er sich geschleppt hatte.

»Der Bahnhofsvorsteher ist am Apparat.«

»Frag ihn, ob am Donnerstagmorgen Reisende aus dem Zug aus Paris gestiegen sind.«

»Er sagt Nein.«

»Das ist alles.«

Rein rechnerisch konnte die Fahrkarte eigentlich nur dem Mann gehören, der kurz vor Bergerac aus dem Zug gesprungen war und auf den Kommissar geschossen hatte.

»Weißt du, was du tun könntest? Geh mal zum

Haus von Monsieur Duhourceau, dem Staatsanwalt, und dann zu dem des Chirurgen.«

»Warum?«

»Nur so. Um mir zu berichten, was du dort siehst.«

Er blieb allein und nutzte die Gelegenheit, um mehr Pfeifen zu rauchen, als ihm erlaubt war. Es dämmerte allmählich. Der große Platz war in ein rötliches Licht getaucht. Die Handelsreisenden kamen einer nach dem anderen von ihren Touren zurück und parkten ihre Autos vor dem Hotel. Von unten war das Klicken gegeneinanderstoßender Billardkugeln zu hören.

Es war die Zeit des Aperitifs in dem hellen Saal, wo der Wirt mit weißer Kochmütze hin und wieder nach dem Rechten sah.

Warum war der Mann vor dem nächsten Halt aus dem Zug gesprungen, auf die Gefahr hin, dabei zu sterben? Und warum hatte er geschossen, als er sich verfolgt fühlte?

Jedenfalls kannte der Mann die Strecke, denn er war genau in dem Augenblick auf die Böschung gesprungen, als der Zug das Tempo verlangsamt hatte.

Wenn er nicht bis zum Bahnhof gefahren war, dann weil die Beamten ihn kannten!

Was aber noch kein ausreichender Beweis dafür war, dass er der Mörder der Bäuerin vom Moulin-

Neuf und der Tochter des Bahnhofsvorstehers war.

Maigret musste an die Unruhe seines Reisegefährten im Schlafwagen denken, an seinen unregelmäßigen Atem, sein Schweigen, auf das verzweifelte Seufzer gefolgt waren.

Um diese Zeit musste Duhourceau zu Hause in seinem Arbeitszimmer sein und Zeitungen aus Paris lesen oder Akten wälzen. Der Chirurg machte in Begleitung der Schwester Visite in den Krankenzimmern. Der Polizeikommissar …

Maigret hatte es nicht eilig. Für gewöhnlich erfasste ihn am Anfang einer Untersuchung eine gewisse Ungeduld, einem Rausch ähnlich. Ungewissheit war ihm unerträglich. Er kam erst zur Ruhe, wenn er der Wahrheit auf der Spur war.

Diesmal war es umgekehrt, vielleicht wegen seines Zustands. Hatte ihm der Arzt nicht gesagt, dass er vierzehn Tage Bettruhe einhalten und auch danach noch sehr vorsichtig sein müsse?

Er hatte Zeit. Er konnte viele Tage damit totschlagen, sich von seinem Bett aus ein möglichst lebendiges Bergerac vorzustellen, wo jeder seinen Platz einnahm.

›Ich muss klingeln, damit mir jemand Licht macht.‹

Aber er war so träge, dass er es nicht tat. Als seine Frau zurückkam, fand sie ihn in vollkommener Dunkelheit vor. Durch das Fenster, das immer noch offen stand, strömte die kühle Abendluft herein. Die Laternen bildeten eine Lichtgirlande um den Platz.

»Willst du dir eine Lungenentzündung holen? Wie kann man um diese Zeit das Fenster offen lassen, wenn ...«

»Und?«

»Was, und? Ich hab die Häuser gesehen. Ich verstehe nicht, wozu das gut sein soll.«

»Erzähl mal!«

»Monsieur Duhourceau wohnt auf der anderen Seite des Palais de Justice an einem Platz, der fast genauso groß ist wie dieser hier. Ein großes Haus mit zwei Stockwerken. Das erste hat einen Steinbalkon. Dort muss auch sein Arbeitszimmer sein, denn in dem Zimmer brannte Licht. Ich habe einen Diener gesehen, der die Fensterläden im Erdgeschoss geschlossen hat.«

»Wirkt das Haus einladend?«

»Was meinst du? Wie jedes große Haus. Eher düster. Jedenfalls hängen an jedem Fenster granatfarbene Samtvorhänge, die bestimmt um die zweitausend Franc pro Fenster gekostet haben. Seidenweicher Samt, der in breiten Falten fällt.«

Maigret war entzückt. Mit kleinen Pinselstrichen korrigierte er das Bild, das er sich von dem Haus gemacht hatte.

»Der Diener?«

»Was soll mit ihm sein?«

»Trägt er eine gestreifte Weste?«

»Ja.«

Und Maigret hätte am liebsten geklatscht: ein solides, vornehmes Haus mit kostbaren Samtvorhängen, einem Steinbalkon und antiken Möbeln. Ein Diener in gestreifter Weste. Und der Staatsanwalt in Jackett, grauer Hose und Lackschuhen. Die weißen Haare in Bürstenschnitt.

»Doch, es stimmt, er trägt Lackschuhe.«

»Lackschuhe mit Knöpfen. Sie sind mir gestern aufgefallen.«

Der Mann aus dem Zug hatte ebenfalls Lackschuhe getragen. Aber mit Knöpfen? Schnürsenkeln?

»Und das Haus des Arztes?«

»Es liegt fast am Stadtrand. Eine Villa, die an ein Strandhaus erinnert.«

»Ein englisches Landhaus!«

»Ja, genau. Mit einem niedrigen Dach, einem Rasen, Blumen, einer hübschen Garage, weißem Kies auf den Wegen, grün gestrichenen Läden, einer Laterne aus Schmiedeeisen. Die Vorhänge waren nicht geschlossen. Ich habe seine Frau gesehen, die im Wohnzimmer stickte.«

»Und die Schwägerin?«

»Sie ist mit dem Arzt im Auto zurückgekommen.

Sie ist sehr jung, äußerst hübsch und elegant angezogen. Man sieht ihr nicht an, dass sie in einer Kleinstadt lebt. Wahrscheinlich lässt sie ihre Kleider aus Paris kommen.«

Was hatte das alles mit einem Besessenen zu tun, der Frauen auf Landstraßen überfiel, sie erdrosselte und ihnen das Herz anschließend mit einer Nadel durchbohrte?

Maigret bemühte sich nicht dahinterzukommen. Er begnügte sich damit, sich die Personen an ihren Plätzen vorzustellen.

»Bist du jemandem begegnet?«

»Niemandem, den ich kenne. Die Leute hier scheinen abends kaum auszugehen.«

»Gibt es ein Kino?«

»Ich habe eins in einer Gasse gesehen. Sie zeigen einen Film, den ich vor drei Jahren in Paris gesehen habe.«

Leduc kam gegen zehn Uhr morgens, ließ seinen alten Ford vor dem Hotel stehen und klopfte kurz darauf an Maigrets Tür. Dieser trank gerade eine Tasse Bouillon, die seine Frau ihm eigenhändig in der Küche zubereitet hatte.

»Wie geht's?«

»Setz dich! Nein, nicht in die Sonne. Dann verdeckst du mir die Sicht auf den Platz.«

Seit Leduc seinen Dienst beendet hatte, war er

fülliger geworden. Außerdem wirkte er sanfter und ängstlicher als früher.

»Was wird deine Köchin dir heute zum Mittagessen machen?«

»*Côtelettes d'agneau à la crème*. Ich soll ziemlich leichte Kost essen. Sag mal, du bist in letzter Zeit nicht nach Paris gefahren, oder?«

Madame Maigret wandte ruckartig den Kopf, überrascht von dieser unvermittelten Frage. Leduc wurde verlegen und blickte seinen Kollegen vorwurfsvoll an.

»Was willst du damit sagen? Du weißt doch, dass …«

Natürlich, Maigret wusste es genau … Aber er musterte seinen Kollegen, der einen kleinen rötlichen Schnurrbart hatte. Er betrachtete seine Füße, die in Jagdstiefeln aus grobem Leder steckten.

»Unter uns, wie sieht's bei dir in Sachen Liebe aus?«

»Aber sei doch still«, mischte sich Madame Maigret ein.

»Ich denke gar nicht dran! Das ist eine sehr wichtige Frage. Auf dem Land wird es einem nicht so leicht gemacht wie in der Stadt. Deine Köchin, wie alt ist sie?«

»Fünfundsechzig. Du siehst, ich …«

»Niemand sonst?«

Am peinlichsten war vielleicht der ernste Ton,

mit dem Maigret diese Fragen stellte, die man sonst wohl eher beiläufig oder ironisch gestellt hätte.

»Keine Magd aus der Gegend?«

»Da gibt's noch ihre Nichte, die ihr manchmal zur Hand geht.«

»Sechzehn Jahre? Achtzehn?«

»Neunzehn, aber …«

»Und du … Ihr … Na ja …«

Leduc wusste nicht mehr, wo er hinschauen sollte. Noch peinlicher war es Madame Maigret, die sich in eine Ecke des Zimmers verdrückte.

»Du bist indiskret!«

»Mit anderen Worten, so ist es? Na also, mein Lieber.«

Und Maigret schien nicht weiter darüber nachzudenken und murmelte kurze Zeit später:

»Duhourceau ist nicht verheiratet. Hat er …«

»Man merkt doch, dass du aus Paris kommst. Du sprichst von diesen Dingen, als wären sie das Selbstverständlichste auf der Welt. Glaubst du, der Staatsanwalt würde vor den Augen aller seine schmutzige Wäsche waschen?«

»Aber da hier jeder über den anderen Bescheid weiß, bist du bestimmt auf dem Laufenden.«

»Ich weiß nur, was man sich erzählt.«

»Na also.«

»Monsieur Duhourceau fährt ein- oder zweimal die Woche nach Bordeaux. Und dort …«

Maigret musterte seinen Kollegen unaufhörlich. Ein seltsames Lächeln umspielte seine Lippen. Er erinnerte sich an einen anderen Leduc, dem diese vorsichtigen Formulierungen, zurückhaltenden Gesten und provinziellen Ängste fremd gewesen waren.

»Weißt du, was du tun solltest? Schließlich kannst du dich nach Belieben in der Stadt bewegen. Du solltest einmal nachforschen, wer am letzten Mittwoch nicht in der Stadt war. Warte! Besonders interessieren mich Doktor Rivaud, der Staatsanwalt, der Polizeikommissar, du und …«

Leduc hatte sich erhoben. Gekränkt blickte er auf seinen Strohhut, als wollte er ihn hastig aufsetzen und hinausstürmen.

»Nein, ich hab genug von deinen Scherzen! Ich habe keine Ahnung, was mit dir los ist. Seit dieser Verletzung bist du … Na ja, du bist nicht wie sonst. Kannst du dir vorstellen, dass ich in einer kleinen Stadt wie dieser, in der sich alles sofort herumspricht, Nachforschungen über den Staatsanwalt anstelle? Und über den Polizeikommissar? Ich bin offiziell gar nicht mehr im Dienst! Ganz zu schweigen von deinen … Unterstellungen!«

»Setz dich, Leduc!«

»Ich habe nicht mehr viel Zeit.«

»Setz dich, sage ich! Du wirst es gleich verstehen. Es gibt hier in Bergerac einen Mann, der im Alltag völlig normal wirkt und der wahrscheinlich irgendeinen Beruf ausübt. Dieser Mann wird plötzlich, in einem Anfall von Wahnsinn ...«

»Und du zählst mich zu den möglichen Mördern! Denkst du, ich hätte den Sinn deiner Fragen nicht verstanden? Dieses Nachforschen, ob ich eine Geliebte habe. Weil du doch denkst, dass sich ein Mann, der keine Frau hat, eher dazu hinreißen lässt als jemand ...«

Er wurde richtig wütend. Sein Gesicht war rot. Seine Augen funkelten.

»Die Staatsanwaltschaft befasst sich mit diesem Fall ebenso wie die Ortspolizei. Mich geht das nichts an. Und wenn du dich in etwas einmischen willst, das ...«

»Das mich nichts angeht! Meinetwegen. Aber stell dir mal vor, in ein, zwei, drei oder acht Tagen findet man deine kleine neunzehnjährige Freundin mit einer Nadel im Herzen.«

Schon griff Leduc nach dem Hut und setzte ihn sich so beherzt auf den Kopf, dass das Stroh knisterte. Dann ging er hinaus und knallte die Tür hinter sich zu.

Madame Maigret, die nur darauf gewartet hatte, kam nervös und beunruhigt aus ihrer Ecke.

»Was hat Leduc dir getan? Ich habe selten erlebt, dass du so unfreundlich zu jemandem warst. Die Vorstellung, dass du ihn verdächtigst ...«

»Weißt du, was du tun solltest? Er wird gleich oder morgen wiederkommen. Ich bin überzeugt, dass er sich für diesen stürmischen Abgang entschuldigen wird. Nun, ich möchte dich bitten, bei ihm Mittag zu essen, in der Ribaudière.«

»Ich? Aber ...«

»Wenn du jetzt so lieb wärst, mir eine Pfeife zu stopfen und meine Kissen etwas aufzuschütteln.«

Als eine halbe Stunde später der Arzt eintrat, lächelte Maigret erfreut und fragte Rivaud gut gelaunt:

»Was hat er Ihnen gesagt?«

»Wer?«

»Mein Kollege Leduc. Er ist beunruhigt. Er hat Sie bestimmt gebeten, mich gründlich auf meinen Geisteszustand hin zu untersuchen. Nein, Doktor, ich bin nicht verrückt, aber ...«

Er verstummte, denn man schob ihm ein Thermometer in den Mund. Während seine Temperatur gemessen wurde, legte der Chirurg die Wunde frei, die nur langsam verheilte.

»Sie bewegen sich viel zu viel. 38,7. Ob Sie geraucht haben, brauche ich gar nicht zu fragen. Die Luft hier ist zum Schneiden dick.«

»Sie sollten ihm die Pfeife komplett verbieten, Doktor«, warf Madame Maigret ein.

Aber ihr Mann unterbrach sie:

»Können Sie mir sagen, in welchen Zeitabständen unser Verrückter die Verbrechen begangen hat?«

»Einen Moment ... Das erste war vor einem Monat, das zweite eine Woche später. Dann der fehlgeschlagene Versuch am Freitag drauf, und ...«

»Wissen Sie, was ich denke, Doktor? Es ist ziemlich wahrscheinlich, dass es bald zu einem neuen Überfall kommt. Ich würde sogar sagen: Wenn es nicht passiert, dann wahrscheinlich, weil der Mörder sich überwacht fühlt. Und wenn doch ...«

»Was dann?«

»Nun, man könnte nach dem Ausschlussverfahren vorgehen. Nehmen wir einmal an, Sie wären im Augenblick des Verbrechens hier im Zimmer. Dann wären Sie aus dem Schneider. Nehmen wir an, der Staatsanwalt wäre in Bordeaux, der Polizeikommissar in Paris oder anderswo, mein Freund Leduc wo auch immer ...«

Der Arzt blickte Maigret starr an.

»Kurz, Sie grenzen den Kreis der möglichen Täter ein.«

»Nein, der wahrscheinlichen.«

»Das ist dasselbe. Ich meine, Sie beschränken ihn auf die kleine Gruppe, die nach Ihrer Operation im Krankenhaus war.«

»Nicht ganz, denn ich habe den Schreiber ausgelassen. Ich beschränke ihn auf die Personen, die mich gestern besucht haben und die versehentlich eine Zugfahrkarte fallen gelassen haben könnten. Wo waren Sie eigentlich am letzten Mittwoch?«

»Mittwoch?«

Verwirrt kramte der Arzt in seinem Gedächtnis. Er war ein dynamischer, ehrgeiziger, gepflegter, eleganter junger Mann.

»Ich glaube … Warten Sie, ich bin nach La Rochelle gefahren, um …«

Aber das amüsierte Lächeln des Kommissars ließ ihn verstummen.

»Soll das ein Verhör sein? In dem Fall möchte ich darauf hinweisen, dass …«

»Beruhigen Sie sich! Wissen Sie, ich habe hier den ganzen Tag nichts zu tun und bin sonst an ein äußerst geschäftiges Leben gewöhnt. Deshalb denke ich mir kleine Spielchen aus, nur für mich. Das Spielchen des Verrückten. Warum sollte ein Arzt nicht verrückt sein oder ein Verrückter Arzt? Es heißt doch, Nervenärzte seien fast alle ihre besten Patienten. Warum sollte ein Staatsanwalt nicht …«

Maigret hörte, wie sein Gegenüber seine Frau ganz leise fragte:

»Hat er was getrunken?«

Am schönsten wurde es, als Doktor Rivaud gegangen war. Madame Maigret näherte sich dem Bett, die Stirn vorwurfsvoll in Falten gelegt.

»Weißt du eigentlich, was du da tust? Wirklich,

ich verstehe dich nicht mehr. Die Leute werden denken, du wärst verrückt, wenn du dich weiter so benimmst. Der Arzt hat nichts gesagt. Dafür ist er zu gut erzogen. Aber ich habe gespürt, dass … Was gibt es da zu lachen?«

»Nichts. Die Sonne. Diese rot-grün gestreifte Tapete. Die Frauen, die auf dem Platz schwatzen. Der kleine zitronengelbe Wagen, der wie ein großes Insekt aussieht. Und der Duft von *foie gras.* Es ist nur, es gibt einen Verrückten! Sieh mal die hübsche junge Frau, die dort vorbeigeht. Die mit den kräftigen Waden einer Bergbewohnerin und den kleinen birnenförmigen Brüsten. Vielleicht wird der Verrückte sie …«

Madame Maigret sah ihm in die Augen und merkte, dass er nicht mehr scherzte, dass er ganz ernst sprach und dass ein beklommener Ton in seiner Stimme mitschwang.

Er ergriff ihre Hand und fuhr fort:

»Weißt du, ich bin überzeugt, es ist noch nicht vorbei. Ich möchte um jeden Preis verhindern, dass eine hübsche junge Frau, die heute noch froh und lebenslustig ist, in den nächsten Tagen in einem Leichenwagen über den Platz gefahren wird, begleitet von schwarzgekleideten Leuten. Es gibt einen Verrückten in dieser Stadt, in diesem Sonnenlicht! Einen Irren, der spricht, der lacht, der seiner Arbeit nachgeht.«

Und mit zärtlicher Stimme murmelte er, die Augen halb geschlossen:

»Gib mir trotzdem meine Pfeife!«

4

Das Treffen der Verrückten

M aigret hatte neun Uhr morgens zu seiner Lieblingszeit bestimmt, weil das Sonnenlicht um diese Zeit so ungewöhnlich schimmerte und auch weil dann auf dem großen Platz das Leben einsetzte, das bis zum Mittag immer lauter wurde – vom Quietschen einer Tür, die eine Hausfrau öffnete, über das Rattern der Räder eines Karrens bis zum plötzlichen Aufschlagen von Fensterläden.

Von seinem Fenster aus konnte er an einer Platane einen der Zettel sehen, die er überall in der Stadt hatte aufhängen lassen:

Am Mittwoch um neun Uhr wird Kommissar Maigret im Hôtel d'Angleterre jedem eine Prämie von hundert Franc zahlen, der ihm etwas über die Überfälle von Bergerac berichten kann, die das Werk eines Wahnsinnigen zu sein scheinen.

»Soll ich im Zimmer bleiben?«, fragte Madame Maigret, die selbst im Hotel Mittel und Wege fand, ebenso viel zu arbeiten wie zu Hause.

»Ja, bleib hier.«

»Mir ist es egal. Es wird ohnehin niemand kommen.«

Maigret lächelte. Es war erst halb neun. Während er seine Pfeife ansteckte und dem Brummen eines Motors lauschte, murmelte er:

»Da kommt schon einer.«

Es war das vertraute Geräusch des alten Ford, das man erkannte, sobald er die Brücke hochfuhr.

»Warum war Leduc gestern nicht hier?«

»Wir hatten doch eine kleine Auseinandersetzung … Unsere Vorstellungen über den Verrückten von Bergerac gehen auseinander. Ich nehme aber an, dass er trotzdem gleich kommt.«

»Der Verrückte?«

»Leduc. Der Verrückte auch. Vielleicht sogar mehrere Verrückte. Damit ist fast zu rechnen. Ein Aushang wie dieser übt eine unwiderstehliche Anziehungskraft auf alle Geistesgestörten, Phantasten, Nervenkranken und Epileptiker aus. Komm rein, Leduc.«

Leduc hatte nicht einmal die Zeit gehabt, an die Tür zu klopfen. Er machte ein leicht verlegenes Gesicht.

»Konntest du gestern nicht kommen?«

57

»Leider nein! Entschuldige bitte. Guten Tag, Madame Maigret. Ich hatte einen Wasserrohrbruch und musste einen Klempner holen. Geht's dir besser?«

»Es geht. Mein Rücken ist immer noch stocksteif, aber abgesehen davon … Hast du meinen Aushang gesehen?«

»Was für einen Aushang?«

Er log. Maigret war kurz davor, es ihm auf den Kopf zu zu sagen, aber dann war er doch nicht so grausam.

»Setz dich. Gib meiner Frau deinen Hut. Gleich werden eine Menge Leute hier sein. Und ich lege meine Hand dafür ins Feuer, dass der Verrückte dabei sein wird.«

Es klopfte an der Tür. Dabei hatte niemand den Platz überquert. Gleich darauf trat der Hotelbesitzer ein.

»Entschuldigen Sie. Ich wusste nicht, dass Sie Besuch haben. Es ist wegen des Aushangs.«

»Haben Sie mir etwas mitzuteilen?«

»Ich? Nein. Wie kommen Sie darauf? Wenn ich etwas zu sagen hätte, hätte ich es längst getan. Ich wollte nur wissen, ob wir alle, die vorsprechen, nach oben durchlassen sollen.«

»Aber natürlich!«

Und Maigret musterte ihn durch seine halb geschlossenen Augenlider. Es wurde geradezu zu

einem Tick von ihm, so die Augen zusammenzu-
kneifen. Oder lag es vielleicht daran, dass er ununter-
terbrochen in der Sonne sein wollte?

»Sie können uns allein lassen.«

Und gleich darauf zu Leduc:

»Auch ein seltsamer Mann. Kräftig, heiter, stark
wie ein Baum, mit rosiger Haut, die aussieht, als
würde sie jeden Moment aufplatzen.«

»Er hat früher auf einem Bauernhof in der Umgebung gearbeitet und seine Herrin geheiratet. Er war
zwanzig und sie fünfundvierzig.«

»Und dann?«

»Jetzt ist er zum dritten Mal verheiratet. Ein
schlimmes Schicksal, seine Frauen sterben alle.«

»Er wird gleich zurückkommen.«

»Warum?«

»Das weiß ich nicht, aber er wird erst auftauchen,
wenn alle hier sind. Er wird sich irgendeinen Vorwand ausdenken. Der Staatsanwalt verlässt jetzt
wahrscheinlich gerade sein Haus und trägt ein
Jackett. Und ich wette, der Arzt rennt durch die
Krankenzimmer, um so schnell wie möglich mit
seiner Morgenvisite fertig zu werden.«

Maigret hatte seinen Satz noch nicht ganz beendet, als man Monsieur Duhourceau aus einer Straße
kommen und eilig den Platz überqueren sah.

»Jetzt sind es schon drei.«

»Wieso drei?«

»Der Staatsanwalt, der Wirt und du.«

»Das schon wieder? Hör mal, Maigret …«

»Pst! Mach Monsieur Duhourceau die Tür auf. Er zögert anzuklopfen.«

»Ich komme in einer Stunde wieder«, verkündete Madame Maigret, die ihren Hut aufgesetzt hatte.

Der Staatsanwalt verneigte sich förmlich vor ihr und gab dem Kommissar die Hand, ohne ihn anzusehen.

»Man hat mir von Ihrem Experiment berichtet. Ich wollte vorher noch mit Ihnen sprechen. Zunächst einmal versteht es sich von selbst, dass Sie als Privatperson handeln. Trotzdem wäre ich vorher gern informiert worden, es ist schließlich eine laufende Ermittlung.«

»Setzen Sie sich bitte. Leduc, nimm doch den Hut und Stock des Staatsanwalts. Ich habe gerade zu Leduc gesagt, der Mörder werde bestimmt gleich hier sein, Herr Staatsanwalt. Ach, da kommt der Kommissar. Er guckt auf die Uhr und wird wohl unten noch was trinken, bevor er hochkommt.«

Das stimmte. Man sah den Kommissar das Hotel betreten, doch er tauchte erst zehn Minuten später im Zimmer auf. Er schien verblüfft zu sein, dort den Staatsanwalt vorzufinden, entschuldigte sich und stammelte:

»Ich hielt es für meine Pflicht …«

»Aber sicher doch! Leduc, hol Stühle. Nebenan

müssten welche sein. Und da kommen auch schon unsere Kunden. Nur will niemand der Erste sein.«

Tatsächlich kamen drei oder vier Personen über den Platz und warfen immer wieder einen Blick zum Hotel. Man spürte, dass sie ihren Mut zusammennahmen. Alle Blicke folgten dem Wagen des Arztes, der direkt vor dem Hoteleingang hielt.

Trotz der Frühlingssonne lag Nervosität in der Luft. Wie seine Vorgänger stutzte der Arzt, als er schon so viele Leute im Zimmer vorfand.

»Das ist ja ein richtiger Kriegsrat«, sagte er spöttisch.

Maigret bemerkte, dass er schlecht rasiert und seine Krawatte viel weniger sorgfältig gebunden war als sonst.

»Denken Sie, der Untersuchungsrichter …«

»Er ist zu einem Verhör nach Saintes gefahren und wird nicht vor heute Abend zurück sein.«

»Und sein Schreiber?«, fragte Maigret.

»Ich weiß nicht, ob er ihn mitgenommen hat. Oder vielmehr … Ach, da kommt er ja gerade aus seinem Haus. Er wohnt nämlich genau gegenüber vom Hotel, im ersten Stock des Hauses mit den blauen Fensterläden.«

Schritte auf der Treppe. Die Schritte mehrerer Personen. Dann Geflüster.

»Mach auf, Leduc.«

Diesmal war es eine Frau, die aber nicht von

draußen kam. Es war das Zimmermädchen, das dem Verrückten fast zum Opfer gefallen wäre und nach wie vor im Hotel arbeitete. Ein Mann folgte ihr schüchtern und verlegen.

»Das ist mein Verlobter. Er arbeitet in einer Autowerkstatt. Er wollte nicht, dass ich komme, weil er denkt, je weniger man darüber spricht …«

»Treten Sie ein. Sie auch, junger Mann. Und Sie ebenfalls, Monsieur.«

Denn der Hotelbesitzer stand auf dem Treppenabsatz, seine weiße Kochmütze in der Hand.

»Ich wollte nur wissen, ob meine Angestellte …«

»Kommen Sie rein! Kommen Sie rein! Und Sie, wie heißen Sie?«

»Rosalie, Monsieur. Ich weiß nur nicht, wie es mit der Prämie aussieht, weil ich doch schon alles gesagt habe, was ich weiß.«

Und der Verlobte brummte wütend, ohne jemanden anzublicken:

»Wenn das überhaupt stimmt!«

»Natürlich stimmt es. Ich würde mir doch so etwas nicht ausdenken.«

»Hast du nicht auch die Geschichte von dem Gast erfunden, der dich heiraten wollte? Und als du mir erzählt hast, deine Mutter sei von fahrendem Volk entführt worden?«

Die junge Frau kochte vor Wut, ließ sich jedoch nicht aus der Fassung bringen. Sie war eine starke, robuste und kräftig gebaute Bäuerin. Durch ihre stürmischen Bewegungen gerieten ihre Haare durcheinander wie nach einem Kampf. Als sie die Arme hob, um sie in Ordnung zu bringen, sah man ihre feuchten Achselhöhlen mit rötlichem Haar.

»Es stimmt, was ich gesagt habe. Man hat mich von hinten überfallen. Ich habe eine Hand an meinem Kinn gespürt. Da habe ich mit aller Kraft zugebissen. Obwohl er einen goldenen Ring am Finger trug, wissen Sie.«

»Haben Sie den Mann nicht gesehen?«

»Er ist sofort in den Wald geflüchtet. Er hatte mir den Rücken zugedreht. Und mir fiel es schwer, wieder aufzustehen, da …«

»Sie sind also nicht in der Lage, ihn wiederzuerkennen. Das haben Sie doch wohl zu Protokoll gegeben?«

Rosalie schwieg, aber es lag etwas Drohendes in ihrem trotzigen Gesichtsausdruck.

»Würden Sie den Ring wiedererkennen?«

Maigrets Blick schweifte über alle Hände, über die dicken von Leduc, der einen schweren Siegelring trug, über die feinen, langen des Arztes, der nur einen Trauring am Finger hatte, und schließlich über die sehr blassen, rissigen des Staatsanwalts, der sein Taschentuch aus der Tasche gezogen hatte.

»Es war ein goldener Ring!«

»Und Sie haben keine Ahnung, wer der Angreifer sein könnte?«

»Monsieur, ich versichere Ihnen ...«, begann der Verlobte, dessen Stirn mit Schweiß bedeckt war.

»Reden Sie schon!«

»Ich möchte nicht, dass ein Unglück passiert. Rosalie ist eine anständige Frau. Das kann sie ruhig hören. Aber sie träumt jede Nacht. Manchmal erzählt sie mir ihre Träume. Und ein paar Tage später glaubt sie dann, es wäre wirklich geschehen. Es ist wie mit den Romanen, die sie liest.«

»Kannst du mir eine Pfeife stopfen, Leduc?«

Unter den Fenstern sah Maigret jetzt eine Gruppe von etwa zehn Personen, die die Köpfe zusammensteckten und leise redeten.

»Also, Rosalie, Sie haben doch eine Vermutung.«

Die Frau schwieg. Nur ihr Blick ruhte eine Sekunde lang auf dem Staatsanwalt. Maigret bemerkte wieder einmal die schwarzen Lackschuhe mit Knöpfen.

»Gib ihr ihre hundert Franc, Leduc. Entschuldige, dass ich dich als Sekretär benutze. Sind Sie mit ihr zufrieden, Herr Wirt?«

»Als Zimmermädchen ist nichts an ihr auszusetzen.«

»Nun, dann sollen die Nächsten reinkommen.«

Der Schreiber war ins Zimmer geschlichen und lehnte mit dem Rücken an der Wand.

»Sie sind hier? Aber setzen Sie sich doch.«

»Ich habe nicht viel Zeit«, murmelte der Arzt, während er seine Uhr aus der Tasche zog.

»Ach, das wird nicht lange dauern.«

Maigret steckte seine Pfeife an und beobachtete, wie sich die Tür öffnete und ein junger, in Lumpen gekleideter Mann mit strähnigem Haar und verklebten Augen hereinkam.

»Sie werden doch hoffentlich nicht …«, murmelte der Staatsanwalt.

»Komm rein, mein Junge. Wann hattest du deinen letzten Anfall?«

»Er ist vor acht Tagen aus dem Krankenhaus entlassen worden«, sagte der Arzt.

Er war Epileptiker, genau der Typ, den die Leute auf dem Land Dorftrottel nannten.

»Was hast du mir zu sagen?«

»Ich?«

»Ja, du. Schieß los.«

Aber statt zu sprechen, begann der junge Mann zu weinen und schluchzte kurz darauf so krampfhaft, dass ein Anfall zu befürchten war. Man konnte ein paar undeutlich hervorgestoßene Silben heraushören.

»Immer soll ich es gewesen sein … Ich hab nichts getan, ich schwör's … Warum geben Sie mir nicht hundert Franc, damit ich mir einen Anzug kaufen kann?«

»Hundert Franc! Der Nächste!«, sagte Maigret zu Leduc.

Der Staatsanwalt wurde sichtlich ungeduldig. Der Polizeikommissar hatte eine unbekümmerte Miene aufgesetzt und sagte:

»Wenn die Ortspolizei genauso vorgehen würde, würde man wahrscheinlich beim nächsten Gemeinderat ...«

In einer Ecke stritten Rosalie und ihr Verlobter leise miteinander. Der Wirt steckte den Kopf durch den Türspalt, um zu hören, was im Erdgeschoss vor sich ging.

»Hoffen Sie wirklich, etwas herauszufinden?«, fragte Monsieur Duhourceau seufzend.

»Ich? Keinesfalls.«

»Na dann ...«

»Ich habe Ihnen versprochen, dass der Verrückte hier sein würde, und wahrscheinlich ist er das schon.«

Es kamen nur drei Personen, darunter ein Straßenarbeiter, der vor drei Tagen einen »Schatten« zwischen den Bäumen hatte herumschleichen sehen. Als er sich ihm genähert hatte, war er davongerannt.

»Hat der Schatten Ihnen nichts getan?«

»Nein.«

»Und Sie haben ihn nicht erkannt? Da reichen fünfzig Franc.«

Maigret war der Einzige, der sich seine gute Laune bewahrte. Auf dem Platz standen etwa dreißig Dorfbewohner in Gruppen verteilt und blickten zu den Hotelfenstern hoch.

»Und du?«

Ein alter Bauer in Trauerkleidung, der mit scheuem Blick wartete.

»Ich bin der Vater des ersten Mordopfers. Ich bin gekommen, um Ihnen zu sagen: Wenn ich dieses Ungeheuer zwischen die Finger kriege, werde ich …«

Auch er schien immer wieder zum Staatsanwalt hinzublicken.

»Haben Sie keinen Verdacht?«

»Einen Verdacht vielleicht, vielleicht auch nicht. Aber ich sage, was ich denke. Einem Mann, der seine Tochter verloren hat, kann man nichts mehr antun. Man sollte besser dort nachforschen, wo schon etwas passiert ist. Ich weiß ja, Sie sind nicht von hier. Sie wissen nicht … Alle werden Ihnen sagen, dass Dinge passiert sind, die nie aufgeklärt wurden.«

Ungeduldig hatte sich der Arzt erhoben. Der Polizeikommissar wandte den Blick ab, wie jemand, der nichts hören wollte. Und der Staatsanwalt saß wie versteinert da.

»Ich danke Ihnen, mein Lieber.«

»Ich will aber weder Ihre fünfzig noch Ihre hundert Franc. Wenn Sie irgendwann auf meinem Hof vorbeischauen würden … Jeder kann Ihnen sagen, wo er ist.«

Er fragte nicht, ob er bleiben solle. Er grüßte niemanden und ging mit hängenden Schultern.

Ein langes Schweigen folgte. Maigret tat, als erforderte es seine ganze Aufmerksamkeit, die Asche in seiner Pfeife mit seiner gesunden Hand festzudrücken.

»Ein Streichholz, Leduc.«

Das Schweigen hatte etwas Dramatisches. Es schien, als würden auch die auf dem Platz verstreuten Gruppen jedes Geräusch vermeiden.

Nur die Schritte des alten Bauern hallten auf dem Straßenpflaster.

»Bitte, sei still, hörst du?«

Es war der Verlobte von Rosalie, der plötzlich laut wurde. Das Mädchen blickte starr vor sich hin, vielleicht einsichtig, vielleicht unentschlossen.

»Also gut, meine Herren«, seufzte Maigret schließlich, »ich finde, es läuft gar nicht so schlecht.«

»All diese Verhöre wurden bereits geführt«, erwiderte der Kommissar, erhob sich und sah sich nach seinem Hut um.

»Nur dass diesmal der Verrückte dabei ist.«

Maigret blickte niemanden an. Während er sprach, starrte er auf die gesteppte weiße Tagesdecke auf seinem Bett.

»Denken Sie, Doktor, er erinnert sich nach seinen Anfällen daran, was er getan hat?«

»Da bin ich mir fast sicher.«

Der Hotelbesitzer stand mitten im Zimmer, was ihn noch verlegener machte, weil seine weiße Kleidung alle Blicke auf sich zog.

»Sieh mal nach, Leduc, ob noch Leute warten.«

»Sie müssen mich entschuldigen, aber ich habe keine Zeit mehr«, sagte Doktor Rivaud und stand auf. »Ich habe um elf Uhr Sprechstunde. Auch da geht es um Menschenleben.«

»Ich komme mit Ihnen«, murmelte der Polizeikommissar.

»Und Sie, Herr Staatsanwalt?«, fragte Maigret.

»Hm, ich … Ja, ich …«

Seit einer Weile wirkte Maigret unzufrieden und blickte mehrmals ungeduldig auf den Platz. Als alle aufgestanden waren, um zu gehen, richtete er sich plötzlich ein wenig in seinem Bett auf und murmelte:

»Endlich! Einen Moment, meine Herren. Ich glaube, es gibt gleich Neuigkeiten.«

Er deutete auf eine Frau, die auf das Hotel zugeeilt kam. Der Chirurg konnte sie von seinem Platz aus sehen und sagte erstaunt: »Françoise!«

»Kennen Sie sie?«

»Sie ist meine Schwägerin. Wahrscheinlich hat ein Patient angerufen … Oder ein Unfall …«

Jemand rannte die Treppe hoch. Stimmen. Die Tür öffnete sich. Eine junge Frau kam keuchend herein und blickte erschrocken um sich.

»Jacques! Herr Kommissar! Herr Staatsanwalt …«

Sie war höchstens zwanzig, schmal, nervös und hübsch.

Aber an ihrem Kleid sah man Staubspuren. Oben war es an manchen Stellen zerrissen. Unaufhörlich legte sie sich die Hände an den Hals.

»Ich … Ich hab ihn gesehen … Und er hat mich …«

Niemand rührte sich. Es fiel ihr schwer zu sprechen. Sie ging zwei Schritte auf ihren Schwager zu.

»Sieh mal!«

Sie zeigte ihm ihren Hals, an dem blaue Flecke zu erkennen waren. Sie fuhr fort:

»Da hinten, im Wald von Moulin-Neuf. Ich bin spazieren gegangen, als ein Mann …«

»Ich hab Ihnen doch gesagt, wir würden etwas erfahren«, brummte Maigret, der seine Ruhe wiedergefunden hatte.

Leduc, der ihn gut kannte, blickte ihn überrascht an.

»Sie haben ihn gesehen, nicht wahr?«, fragte Maigret.

»Nicht lange. Ich weiß nicht, wie ich es geschafft habe, mich aus seinem Griff zu befreien. Ich glaube, er ist über einen Baumstumpf gestolpert. Da hab ich die Gelegenheit genutzt und zugeschlagen.«

»Beschreiben Sie ihn.«

»Ich weiß nicht. Wahrscheinlich ein Landstreicher. In Bauernkleidung. Große, stark abstehende Ohren. Ich hab ihn noch nie gesehen.«

»Ist er weggerannt?«

»Er hat gewusst, dass ich schreien würde. Ein Auto war auf der Straße zu hören. Er ist ins Dickicht gelaufen.«

Allmählich kam sie wieder zu Atem und legte sich die eine Hand an den Hals, die andere auf die Brust.

»Ich hatte solche Angst. Ohne das Geräusch des Autos wäre vielleicht … Ich bin bis hierher gerannt.«

»Pardon, war die Villa nicht näher?«

»Ich wusste, dort war nur meine Schwester.«

»War es links vom Hof?«, fragte der Polizeikommissar.

»Gleich hinter dem verlassenen Steinbruch.«

Und der Kommissar zum Staatsanwalt:

»Ich werde den Wald durchsuchen lassen. Vielleicht kommen wir noch rechtzeitig?«

Doktor Rivaud wirkte verärgert. Mit hochgezogenen Augenbrauen betrachtete er seine Schwägerin, die sich auf dem Tisch abgestützt hatte und ruhiger atmete.

Leduc suchte Maigrets Blick. Als dieser ihn endlich ansah, verbarg er nicht seine Ironie.

»Das alles scheint jedenfalls zu beweisen«, sagte er mit sichtlicher Genugtuung, »dass der Verrückte heute Morgen nicht hier war.«

Der Polizeikommissar ging die Treppe hinunter und wandte sich nach rechts zum Rathaus, wo sein Büro war. Der Staatsanwalt strich mit den Ärmelaufschlägen bedächtig über seinen Hut.

»Sobald der Untersuchungsrichter aus Saintes zurück ist, werde ich Sie in sein Büro rufen lassen, Mademoiselle, damit Sie Ihre Aussage zu Protokoll geben können.«

Er streckte Maigret seine Hand hin.

»Ich nehme an, Sie brauchen uns nicht mehr.«

»Natürlich nicht. Ich hatte übrigens nicht erwartet, dass Sie sich herbemühen würden.«

Maigret gab Leduc ein Zeichen, der verstand und alle hinausbegleitete. Rosalie und ihr Verlobter stritten noch immer.

Als Leduc mit einem Lächeln auf den Lippen wieder ans Bett trat, sah er zu seinem Erstaunen, dass sein Freund ein ernstes, beklommenes Gesicht machte.

»Was?«

»Nichts.«

»Es hat nichts gebracht.«

»Es hat viel gebracht! Stopfst du mir noch eine

Pfeife, solange meine Frau noch nicht zurück ist?«

»Ich dachte, der Verrückte sollte heute Morgen kommen.«

»So ist es.«

»Und doch …«

»Lass gut sein, mein Lieber. Weißt du, es wäre furchtbar, wenn es noch ein Mordopfer geben würde, weil diesmal …«

»Was?«

»Lassen wir das. Ach, da kommt meine Frau über den Platz. Sie wird mir sagen, ich rauche zu viel, und meinen Tabak verstecken. Schieb ihn doch ein bisschen unters Kopfkissen.«

Ihm war heiß. Vielleicht hatte er sogar etwas Fieber.

»Geh. Lass das Telefon an meinem Bett stehen.«

»Ich will im Hotel zu Mittag essen. Heute gibt's *confit d'oie*. Ich schaue heute Nachmittag noch mal nach dir.«

»Wie du willst! Übrigens, die Kleine, die, von der du mir erzählt hast … Habt ihr schon lange nicht mehr … Hast du sie schon lange nicht mehr gesehen?«

Leduc zuckte zusammen, blickte seinem Kollegen in die Augen und brummte:

»Das geht zu weit.«

Beim Hinausgehen vergaß er seinen Strohhut auf dem Tisch.

5

Die Lackschuhe

Ja, Madame. Im Hôtel d'Angleterre. Natürlich steht es Ihnen frei, nicht zu kommen.«

Leduc war soeben gegangen. Madame Maigret stieg die Treppe hinauf. Der Arzt, seine Schwägerin und der Staatsanwalt waren neben Rivauds Auto auf dem Platz stehen geblieben.

Maigret telefonierte mit Madame Rivaud, die vermutlich allein zu Hause war. Er bat sie, ins Hotel zu kommen, und war nicht überrascht, eine besorgte Stimme am anderen Ende der Leitung zu hören.

Madame Maigret hörte das Ende des Gesprächs und setzte ihren Hut ab.

»Stimmt es, dass es wieder einen Überfall gegeben hat? Ich hab Leute in Richtung Moulin-Neuf eilen sehen.«

Maigret war ganz in Gedanken versunken und antwortete nicht.

Er beobachtete, wie sich die Stadt veränderte. Die Nachricht verbreitete sich schnell. Immer mehr Leute bogen in eine Straße ein, die links vom Platz abging.

»Dort muss ein Bahnübergang sein«, murmelte Maigret, der allmählich mit der Topographie der Stadt vertraut wurde.

»Ja, es ist eine lange Straße, die zuerst wie eine Hauptstraße aussieht und dann zu einem Feldweg wird. Moulin-Neuf liegt hinter der zweiten Kurve. Es gibt dort übrigens keine Mühle mehr, nur einen großen Hof mit weißen Mauern. Als ich vorbeikam, war er voller Geflügel, und es wurden gerade Ochsen vor den Karren gespannt. Sie haben unter anderem schöne Truthähne …«

Maigret hörte zu wie ein Blinder, dem man eine Landschaft beschreibt.

»Gibt's dort viele Äcker?«

»Hier zählen sie nach *journaux*. Man hat mir gesagt, es seien zweihundert, aber ich weiß nicht, wie viel das ist. Jedenfalls beginnt gleich dahinter der Wald. Ein Stück weiter kommt man auf die Landstraße nach Périgueux.«

Es waren gewiss schon Gendarmen dort und einige Polizisten aus Bergerac. Maigret stellte sich vor, wie sie mit großen Schritten durchs Gebüsch streiften wie bei einer Hasenjagd. Wie die Gruppen auf der Straße verteilt standen und die Kinder auf die Bäume kletterten.

»Lass mich jetzt ein bisschen allein. Würdest du dorthin zurückgehen?«

Sie hatte keine Einwände. Als sie hinausging, begegnete sie einer jungen Frau, die das Hotel betrat. Sie drehte sich erstaunt um, vielleicht ein wenig verstimmt.

Es war Madame Rivaud.

»Nehmen Sie bitte Platz. Und entschuldigen Sie, dass ich Sie herbemüht habe, dazu noch wegen so einer Kleinigkeit. Denn ich weiß nicht recht, ob ich überhaupt Fragen an Sie habe. Dieser Fall ist so verworren ...«

Er ließ sie nicht aus den Augen, und sie war von seinem Blick wie hypnotisiert.

Maigret war erstaunt, aber nicht verwirrt. Er hatte eine vage Ahnung gehabt, dass Madame Rivaud ihn interessieren würde. Jetzt sah er, dass sie ein noch viel merkwürdigerer Charakter war, als er zu hoffen gewagt hatte.

Ihre Schwester Françoise war zierlich und elegant. Nichts an ihr deutete auf etwas Provinzielles, Kleinstädtisches hin.

Madame Rivaud war viel unauffälliger. Man konnte sie nicht einmal als hübsch bezeichnen. Sie war zwischen fünfundzwanzig und dreißig, mittelgroß und etwas dick. Ihre Kleider ließ sie wahrscheinlich bei irgendeiner unbedeutenden Schneiderin nähen. Falls sie doch aus einem guten Modehaus stammten, wusste sie sich nicht zu kleiden.

Am meisten verblüfften ihn ihre unruhigen, schmerzerfüllten Augen. Unruhig und doch ergeben.

Zum Beispiel wie sie Maigret ansah. Man spürte, dass sie Angst hatte, sich aber nicht zu wehren wusste. Ein bisschen überspitzt gesagt, wirkte es, als wäre sie auf eine Tracht Prügel gefasst.

Eine sehr kleinbürgerliche Person. Ganz *comme il faut!* Sie spielte gedankenverloren mit einem Taschentuch, mit dem sie sich notfalls die Augen abtupfen konnte.

»Sind Sie schon lange verheiratet, Madame?«

Sie antwortete nicht sofort. Die Frage erschreckte sie. Alles erschreckte sie.

»Fünf Jahre«, hauchte sie schließlich in neutralem Ton.

»Haben Sie damals schon in Bergerac gewohnt?«

Wieder starrte sie Maigret lange an, ehe sie antwortete.

»Ich habe mit meiner Schwester und meiner Mutter in Algerien gelebt.«

Er wagte kaum fortzufahren, so sehr spürte er, dass das kleinste Wort sie erschüttern konnte.

»Hat Doktor Rivaud auch in Algerien gelebt?«

»Er war zwei Jahre am Krankenhaus in Algier.«

Er betrachtete die Hände der jungen Frau. Er hatte das Gefühl, dass sie nicht ganz zu ihrer bürgerlichen Aufmachung passten. Diese Hände hatten gearbeitet. Aber es war schwierig, das Gespräch auf dieses Thema zu lenken.

»Ihre Mutter …«

Er unterbrach sich. Sie hatte mit dem Gesicht zum Fenster gesessen. Jetzt erhob sie sich, ein Ausdruck von Entsetzen im Gesicht. Zugleich hörte man draußen die Tür eines Autos zuschlagen.

Es war Doktor Rivaud, der aus seinem Wagen stieg, ins Hotel eilte und wütend an die Tür klopfte.

»Du bist hier?«

Er sprach unwirsch zu seiner Frau, ohne Maigret anzublicken. Dann wandte er sich dem Kommissar zu.

»Ich verstehe nicht. Sie müssen meine Frau sprechen? Dann hätten Sie …«

Sie senkte den Kopf. Maigret beobachtete Rivaud mit leichtem Erstaunen.

»Warum so wütend, Doktor? Ich wollte Ihre Frau gern kennenlernen. Leider bin ich nicht in der Lage rauszugehen, und …«

»Ist das Verhör beendet?«

»Das ist kein Verhör, sondern eine friedliche Unterhaltung. Als Sie hereinkamen, sprachen wir gerade von Algerien. Hat es Ihnen dort gefallen?«

Maigrets Ruhe war nur äußerlich. Es kostete ihn seine ganze Kraft, langsam zu sprechen. Er musterte die beiden Menschen vor ihm: Madame Rivaud, die den Tränen nahe zu sein schien, und

Rivaud, der um sich blickte, als suchte er Spuren dessen, was hier vorgefallen war. Und er wollte verstehen. Da war etwas Verborgenes, Ungewöhnliches. Aber wo? Was?

Auch der Staatsanwalt hatte etwas Ungewöhnliches. Aber das alles war verworren, ungeordnet.

»Sagen Sie, Doktor, haben Sie Ihre Frau kennengelernt, als Sie sie behandelt haben?«

Ein schneller Blick von Rivaud zu seiner Frau.

»Ich glaube, das tut nichts zur Sache. Wenn Sie gestatten, fahre ich meine Frau jetzt nach Hause und ...«

»Aha ... Aha ...«

»Was denn?«

»Nichts. Entschuldigung. Ich habe gar nicht gemerkt, dass ich laut gesprochen habe. Ein sonderbarer Fall, Doktor. Sonderbar und erschreckend. Je mehr ich erfahre, desto schockierender finde ich ihn. Ihre Schwägerin hingegen hat sich nach der ganzen Aufregung schnell wieder gefangen. Sie ist eine energische Person.«

Er sah, wie Rivaud innehielt und voller Unbehagen abwartete. Dachte der Arzt vielleicht, dass Maigret mehr wusste, als er sich anmerken ließ?

Der Kommissar hatte das Gefühl, weitergekommen zu sein, doch plötzlich geriet alles durcheinander – die Theorien, die er aufgestellt hatte, das Treiben im Hotel, in der Stadt.

Es begann damit, dass ein Polizist auf den Platz geradelt kam. Er fuhr um einen Häuserblock herum und auf das Haus des Staatsanwalts zu. Im selben Augenblick klingelte das Telefon. Maigret nahm ab.

»Hallo, hier ist das Krankenhaus. Ist Doktor Rivaud noch bei Ihnen?«

Der Arzt ergriff nervös den Hörer, hörte bestürzt zu und legte wieder auf, so erschüttert, dass er eine Weile ins Leere starrte.

»Man hat ihn gefunden«, sagte er schließlich.

»Wen?«

»Den Mann! Oder jedenfalls eine Leiche. Im Wald von Moulin-Neuf.«

Madame Rivaud blickte sie nacheinander verständnislos an.

»Man fragt mich, ob ich die Autopsie vornehmen kann. Aber ...« Und jetzt war es an ihm, Maigret argwöhnisch anzusehen. Er wirkte wie von einem Geistesblitz getroffen.

»Als Sie angegriffen wurden ... Das war im Wald ... Sie haben zurückgeschossen ... Sie haben doch zumindest einen Schuss mit Ihrem Revolver abgegeben.«

»Ich habe nicht geschossen.«

Und ein anderer Gedanke kam dem Arzt, der sich hektisch mit der Hand über die Stirn fuhr.

»Der Tod ist schon vor mehreren Tagen eingetre-

ten. Aber wie ist Françoise dann heute Morgen …
Komm!«

Er führte seine Frau hinaus, die bereitwillig mitging und sich kurz darauf von ihm ins Auto setzen ließ. Der Staatsanwalt musste ein Taxi gerufen haben, denn vor seinem Haus hielt eins. Der Polizist fuhr wieder weg. Die Neugier vom Vormittag war verflogen. Jetzt hatte eine viel heftigere Erregung die Stadt ergriffen.

Schon bald machten sich alle, darunter auch der Hotelbesitzer, auf den Weg zum Moulin-Neuf. Nur Maigret musste mit steifem Rücken im Bett bleiben, den schweren Blick auf den sonnengewärmten Platz gerichtet.

»Was hast du?«

»Nichts.«

Bei ihrer Rückkehr sah Madame Maigret nur das Profil ihres Mannes, aber sie merkte sofort, dass etwas nicht stimmte, dass er allzu mürrisch hinausblickte. Es dauerte nicht lange, bis sie es erraten hatte. Sie setzte sich auf die Bettkante, nahm mechanisch die leere Pfeife und begann sie zu stopfen.

»Sehr wenig … Ich will versuchen, dir jede Einzelheit zu schildern. Ich war dort, als man ihn gefunden hat. Die Polizisten haben mich näher herantreten lassen.«

Maigret blickte immer noch hinaus, doch während sie sprach, schoben sich andere Bilder als die des Platzes vor sein geistiges Auge.

»An jener Stelle geht der Wald bergab. Am Straßenrand stehen Eichen. Dann beginnt ein Tannenwald. Neugierige waren in Autos gekommen, die in der Kurve am Straßenrand parkten. Die Polizisten aus dem Nachbardorf haben den Wald umstellt, um den Mann zu umzingeln. Die von hier rückten langsam vor. Der alte Bauer vom Moulin-Neuf begleitete sie mit einem Militärrevolver in der Hand. Keiner wagte, ihm etwas zu entgegnen. Ich vermute, er hätte den Mörder erschossen.«

Maigret stellte sich den Wald vor, einen mit Tannennadeln bedeckten Boden, den Wechsel von Licht und Schatten, die Polizeiuniformen.

»Ein Junge, der neben der Gruppe herlief, hat laut aufgeschrien und auf eine Gestalt gezeigt, die am Fuß eines Baumes lag.«

»Lackschuhe?«

»Ja, und handgestrickte graue Wollstrümpfe. Ich hab genau hingesehen, weil ich mich erinnert habe ...«

»Wie alt?«

»Vielleicht fünfzig. Schwer zu sagen. Er lag mit dem Gesicht zum Boden. Als sie ihn umdrehten, musste ich wegsehen, weil ... Du verstehst schon. Er sah aus, als hätte er mindestens seit acht Tagen dort gelegen. Ich habe gewartet, bis man den Kopf mit einem Taschentuch bedeckte. Es hieß, dass ihn niemand kennt. Er ist nicht von hier.«

»Verletzungen?«

»Ein großes Loch in der Schläfe. Und als er hingefallen ist, muss er im Todeskampf in die Erde gebissen haben.«

»Was machen sie jetzt?«

»Es kommen Leute aus der ganzen Gegend. Man hindert die Schaulustigen daran, den Wald zu betreten. Als ich gegangen bin, hat man auf den Staatsanwalt und Professor Rivaud gewartet. Nachher wird man die Leiche zur Autopsie ins Krankenhaus bringen.«

Der Platz war so menschenleer, wie Maigret ihn noch nie gesehen hatte.

Weit und breit nichts außer einem kleinen, hellbraunen Hund, der sich in der Sonne wärmte.

Langsam schlug es zwölf. Arbeiter und Arbeiterinnen strömten aus einer Druckerei in einer Nebenstraße und eilten zum Moulin-Neuf, die meisten auf dem Fahrrad.

»Wie war er gekleidet?«

»Schwarz, mit einem gerade geschnittenen Mantel. Es ist schwer zu sagen, wegen des Zustands, in dem …«

Madame Maigret war immer noch übel. Dennoch sagte sie:

»Soll ich noch mal hin?«

Er blieb allein. Er sah den Hotelbesitzer zurückkommen, der ihm vom Gehweg aus zurief:

»Wissen Sie's schon? Und ich muss zurück, um das Mittagessen zu servieren!«

Das Schweigen, der eintönige Himmel, der im Sonnenlicht gelb schimmernde Platz, die leeren Häuser.

Erst eine Stunde später hörte man von einer nahe gelegenen Straße den Lärm einer Menschenmenge herüberhallen: Die Leiche wurde ins Krankenhaus gebracht. Alle gaben ihr das letzte Geleit.

Dann füllte sich das Hotel wieder. Der Platz belebte sich. Im Erdgeschoss stießen Gläser aneinander. Jemand klopfte schüchtern an die Tür. Gleich darauf trat Leduc ein, zögerlich, ein leichtes Lächeln auf den Lippen.

»Kann ich reinkommen?«

Er setzte sich neben das Bett und zündete seine Pfeife an, bevor er etwas sagte.

»Na also«, seufzte er dann.

Er war erstaunt, als sich Maigret ihm lächelnd zuwandte, und erst recht, als er sagte:

»Und, zufrieden?«

»Aber …«

»Sie alle! Der Arzt, der Staatsanwalt, der Kommissar! Sie alle sind durch die Bank weg entzückt über diesen Streich, den man dem bösen Kriminalbeamten aus Paris gespielt hat. Er hat sich auf der ganzen Linie getäuscht, dieser Polizist. Er hat sich für sehr intelligent gehalten. Er hat sich so aufgespielt, dass man ihn irgendwann fast ernst genommen hätte und manche es sogar mit der Angst zu tun bekamen.«

»Du musst zugeben, dass …«

»Dass ich mich geirrt habe?«

»Man hat den Mann doch gefunden! Und die Personenbeschreibung entspricht genau der, die du von dem Unbekannten aus dem Zug gegeben hast. Ich hab ihn gesehen. Ein Mann mittleren Alters, nicht besonders gut gekleidet, doch mit einer gewissen Eleganz. Er hat eine Kugel in die Schläfe bekommen, und zwar aus nächster Nähe, soweit man das beurteilen kann bei seinem Zustand …«

»Eben!«

»Monsieur Duhourceau ist wie die Polizei der Meinung, dass er sich vor acht Tagen das Leben genommen hat, vielleicht kurz nach dem Überfall auf dich.«

»Hat man die Waffe bei ihm gefunden?«

»Das ist es ja! Etwas ist nicht ganz stimmig. Man hat in seiner Manteltasche einen Revolver gefunden, in dem nur eine Kugel fehlt.«

»Natürlich die, die er auf mich abgefeuert hat.«

»Das wird man versuchen festzustellen. Wenn er sich umgebracht hat, wird der Fall einfacher. Da er sich verfolgt fühlte, kurz davor war, gefasst zu werden, hat er ...«

»Und wenn er sich nicht umgebracht hat?«

»Es gibt sehr einleuchtende Hypothesen. Ein Bauer kann nachts von ihm überfallen worden sein und geschossen haben. Anschließend hat er Angst vor Schwierigkeiten bekommen, wie das bei Leuten auf dem Land so üblich ist.«

»Und der Überfall auf die Schwägerin des Arztes?«

»Darüber haben sie auch gesprochen. Die Vermutung liegt nahe, dass sich jemand einen üblen Scherz erlaubt, einen Überfall vorgetäuscht hat und ...«

»Mit anderen Worten, man möchte den Fall abschließen«, sagte Maigret seufzend, während er eine Rauchwolke ausstieß, die ihn wie ein Heiligenschein umgab.

»Das stimmt nicht ganz. Aber es ist natürlich sinnlos, die Sache in die Länge zu ziehen. Da im Moment ...«

Maigret lachte über die Verlegenheit seines Kollegen.

»Da wäre noch die Zugfahrkarte«, sagte er. »Man muss noch aufklären, wie diese Fahrkarte aus der

Tasche unseres Unbekannten in den Flur des Hôtel d'Angleterre gekommen ist.«

Eigensinnig starrte Leduc auf den karminroten Teppich und platzte plötzlich heraus:

»Soll ich dir einen guten Rat geben?«

»Du meinst wohl, ich soll das alles auf sich beruhen lassen, so schnell wie möglich wieder gesund werden und Bergerac verlassen.«

»Um ein paar Tage in der Ribaudière zu verbringen, wie wir es abgemacht hatten. Ich habe mit dem Arzt darüber gesprochen. Er sagt, unter Umständen könne man dich schon jetzt dorthin bringen.«

»Und was hat der Staatsanwalt gesagt?«

»Ich verstehe nicht.«

»Er hat doch sicher auch seinen Senf dazugegeben. Hat er dich nicht darauf hingewiesen, dass ich in keiner Weise berechtigt bin, mich mit diesem Fall zu befassen, und wenn, dann nur als Opfer?«

Armer Leduc! Er wollte nett sein. Er wollte es allen recht machen. Aber Maigret war unerbittlich.

»Man muss zugeben, dass offiziell …«

Und plötzlich, allen Mut zusammennehmend:

»Hör mal, mein Lieber! Ich will offen mit dir sein. Es ist offensichtlich, dass du hier auf dem Land einen ziemlich schlechten Ruf hast, vor allem nach dem ganzen Theater von heute Morgen. Der Staatsanwalt isst jeden Donnerstag mit dem Präfekten zu Abend. Er hat mir vorhin gesagt, er werde mit ihm über dich sprechen, damit du Anweisungen aus Paris erhältst. Es gibt vor allem eine Sache, die dich in ein schlechtes Licht rückt: dieses Verteilen von Hundertfrancscheinen. Man sagt …«

»… dass ich die Leute dazu anstifte, mit Dreck zu werfen.«

»Woher weißt du das?«

»Ich würde mir schmutzige Unterstellungen anhören und, kurz gesagt, das Schlechte in den Leuten hervorbringen. Uff!«

Leduc schwieg. Er hatte nichts zu erwidern. Im Grunde war das auch seine Meinung. Mehrere Minuten später wagte er schüchtern zu sagen:

»Wenn du wenigstens eine richtige Spur hättest! Ich muss sagen, dann würde ich meine Meinung ändern und …«

»Ich habe keine Spur. Oder besser gesagt, ich habe vier oder fünf. Heute Morgen hatte ich die Hoffnung, dass zumindest zwei davon mich weiterbringen würden. Aber nein! Sie haben mich in die Irre geführt.«

»Da siehst du's! Ein weiterer Fehler, und vielleicht einer der schlimmsten, weil du dir damit einen erbitterten Feind gemacht hast. Diese Idee, die Frau des Arztes anzurufen! Wo er doch so eifersüchtig ist und nur wenige sie überhaupt je gesehen haben! Sie darf kaum die Villa verlassen.«

»Dennoch ist er Françoises Liebhaber. Dann ist

er also nur bei der einen und nicht bei der anderen eifersüchtig?«

»Das geht mich nichts an. Françoise kommt und geht, wie es ihr gefällt. Sie fährt sogar allein Auto. Was die Ehefrau betrifft ... Kurz, ich habe gehört, wie Rivaud zum Staatsanwalt gesagt hat, er finde deine Vorgehensweise unerhört und hätte dir bei seiner Ankunft hier am liebsten die Leviten gelesen.«

»Das kann ja heiter werden!«

»Was meinst du?«

»Er ist derjenige, der meinen Verband wechselt und dreimal täglich mit der Sonde in meine Wunde geht.«

Maigret lachte zu laut, zu schallend, als dass es echt geklungen hätte.

Er lachte wie jemand, der sich in eine absurde Situation gebracht hat, aber stur darin verharrt, weil es zu spät zum Nachgeben ist, der jedoch keine Ahnung hat, wie er da wieder herauskommen soll.

»Was ist mit deinem Mittagessen? Mir ist, als hättest du von *confit d'oie* gesprochen.«

Und er lachte noch mehr! Da stand ihm ja eine spannende Partie bevor. Es gab überall etwas zu tun, im Wald, im Krankenhaus, auf dem Hof Moulin-Neuf, beim Arzt und im vornehmen Haus des Staatsanwalts mit den Vorhängen. Im Grunde überall. Und dazu gab's *confit d'oie* und *truffes à la serviette*! Und eine ganze Stadt, die Maigret noch nicht einmal gesehen hatte!

Er war an sein Bett, an dieses Fenster gefesselt und hätte am liebsten jedes Mal laut geschrien, wenn er eine etwas abrupte Bewegung machte. Man musste ihm seine Pfeifen stopfen, weil er den linken Arm nicht bewegen konnte. Madame Maigret machte sich das zunutze, um seinen Tabakkonsum zu reduzieren.

»Bist du einverstanden, mit zu mir zu kommen?«

»Ja, versprochen, wenn das alles vorbei ist.«

»Aber es gibt doch keinen Verrückten mehr!«

»Bist du sicher? Geh Mittag essen. Wenn man dich fragt, was ich vorhabe, dann sag, du wüsstest es nicht. Und jetzt an die Arbeit!«

Er sagte es so, als stünde er vor einer schweren körperlichen Arbeit, wie Brotteig kneten oder tonnenweise Erde umgraben. Tatsächlich gab es viel, worin er herumstochern musste, darunter dieser verworrene, unentwirrbare Haufen.

Allerdings waren es keine greifbaren Dinge: Jene mehr oder weniger verschwommenen Gesichter, die ihm keine Ruhe ließen, das mürrische, hochmütige Gesicht des Staatsanwalts, die beunruhigte Miene des Arztes, die arme, verhärmte Erscheinung seiner Frau, die im Krankenhaus in Algier behandelt worden war – weshalb eigentlich? –, das nervöse, allzu selbstbewusste Auftreten von

Françoise. Rosalie, die jede Nacht träumte, zum großen Verdruss ihres Verlobten – schliefen sie übrigens schon miteinander? –, diese Anspielung auf den Staatsanwalt – Dinge, die vertuscht werden sollten! Und der Mann aus dem Schlafwagen, der aus dem fahrenden Zug gesprungen war, nur um dann auf Maigret zu schießen und zu sterben. Leduc und die Nichte seiner Köchin – ganz schön gewagt so was! Der Hotelbesitzer, der schon drei Frauen gehabt hatte, aber mit seinem Temperament hätte er schon zwanzig umbringen können!

Warum hatte Françoise …?

Warum war der Arzt …?

Warum hatte dieser Geheimniskrämer Leduc …?

Warum? Warum? Warum?

Und man wollte Maigret loswerden, indem man ihn zu Leduc in die Ribaudière schickte?

Ein letztes Mal lachte er, das volle Lachen eines wohlbeleibten Mannes. Als seine Frau eine Viertelstunde später hereinkam, fand sie ihn tief und fest schlafend.

6

Der Seehund

M aigret hatte einen aufwühlenden Traum. Er war am Meeresufer. Es war unglaublich heiß. Der Sand, der bei Ebbe freigelegt war, schimmerte so rotbraun wie reifes Getreide. Es gab mehr Sand als Meer. Letzteres existierte irgendwo in der Ferne, aber bis zum Horizont sah man nur kleine Lachen zwischen den Sandbänken.

War Maigret ein Seehund? Vielleicht nicht ganz, aber auch kein richtiger Wal. Ein sehr dickes, sehr rundes, schwarz glänzendes Tier.

Er war ganz allein in dieser brütend heißen, unermesslichen Weite. Er wusste, er musste um jeden Preis weiter, dort hinten hin, zum Meer, wo er endlich frei sein würde. Aber er konnte sich nicht bewegen. Er hatte kurze Beinstummel wie Seehunde, doch er wusste nicht, wie er sie benutzen sollte. Alles an ihm war steif. Wenn er sich erhob, fiel er schwerfällig zurück in den Sand, der ihm den Rücken verbrannte. Aber er musste unbedingt zum Meer. Sonst würde er in diesem Sand stecken bleiben, in den er mit jeder Bewegung immer tiefer einsank.

Warum war er so steif? Hatte ihn nicht ein Jäger verletzt? Er konnte sich nicht erinnern. Und er drehte sich von einer Seite auf die andere. Er war ein dicker, schwitzender, erbärmlicher schwarzer Koloss.

Als er die Augen öffnete, sah er das Rechteck des Fensters, das schon von der Sonne beschienen wurde, und seine Frau, die am Tisch saß, frühstückte und ihn anblickte.

Schon bei diesem ersten Blick wusste er, dass etwas nicht stimmte. Es war ein Blick, den er nur allzu gut kannte, zu ernst, zu mütterlich, von einer leichten Besorgnis erfüllt.

»Hattest du Schmerzen?«

Danach merkte er, dass sich sein Kopf schwer anfühlte.

»Warum fragst du?«

»Du hast dich die ganze Nacht hin und her gewälzt und öfter gestöhnt.«

Sie war aufgestanden, um zu ihm zu gehen und ihm einen Kuss zu geben.

»Du siehst schlecht aus«, fügte sie hinzu. »Du hast bestimmt einen Albtraum gehabt.«

Da erinnerte er sich an den Seehund und war hin- und hergerissen zwischen einem dumpfen Unbehagen und dem Verlangen zu lachen. Aber er lachte nicht! Alles fügte sich aneinander. Madame Maigret, die sich auf die Bettkante gesetzt hatte, sagte sanft, als fürchtete sie, ihn zu erregen:

»Ich denke, es muss eine Entscheidung her.«

»Eine Entscheidung?«

»Ich habe gestern Abend mit Leduc gesprochen. Es liegt auf der Hand, dass du bei ihm besser aufgehoben wärst, um dich auszuruhen und wieder ganz gesund zu werden.«

Sie wagte nicht, ihm ins Gesicht zu blicken. Er kannte das alles und murmelte:

»Du auch?«

»Was meinst du damit?«

»Du denkst, dass ich mich irre, nicht wahr? Du bist davon überzeugt, dass es mir nicht gelingen wird und dass …«

Schon trat ihm der Schweiß auf Schläfen und Oberlippe.

»Beruhige dich. Der Arzt kommt gleich, und …«

Es war tatsächlich an der Zeit. Maigret hatte ihn seit den Geschehnissen am Tag zuvor nicht mehr gesehen. Der Gedanke an seinen Besuch verscheuchte für einen Augenblick seine Sorgen.

»Du lässt mich allein mit ihm.«

»Aber wir fahren zu Leduc?«

»Nein, das tun wir nicht. Da hält sein Wagen vorm Hotel. Lass mich …«

Sonst nahm Doktor Rivaud immer drei Stufen auf einmal, aber an diesem Morgen trat er würdevoller ein. Er deutete eine Verbeugung vor Madame Maigret an, die gerade hinausging, und stellte seine Tasche auf den Nachttisch, ohne ein Wort zu sagen.

Der Besuch am Morgen spielte sich immer auf dieselbe Weise ab. Maigret schob das Thermometer in den Mund, während der Arzt ihm seinen Verband abnahm.

Es war wie an den Tagen zuvor. In dieser Atmosphäre entwickelte sich ihr Gespräch.

»Natürlich«, begann der Arzt, »werde ich meiner Pflicht Ihnen als Patient gegenüber bis zum Schluss nachkommen. Aber nehmen Sie bitte zur Kenntnis, dass sich unser Kontakt von jetzt an darauf beschränkt. Außerdem untersage ich Ihnen, Mitglieder meiner Familie zu belästigen. Schließlich sind Sie nicht dienstlich hier.«

Die Sätze klangen einstudiert. Maigret verzog keine Miene. Er saß mit nacktem Oberkörper da. Der Arzt nahm ihm das Thermometer aus dem Mund. Er hörte ihn murmeln:

»Immer noch 38!«

Das war viel, das wusste er. Rivaud runzelte die Stirn und fuhr fort, wobei er vermied, ihn anzusehen:

»Wenn Sie sich gestern anders verhalten hätten, würde ich als Arzt Ihnen sagen, dass es das Beste für Sie wäre, sich an einem ruhigen Ort auszukurieren. Aber dieser Rat könnte jetzt falsch verstanden werden, und … Tue ich Ihnen weh?«

Denn während er sprach, führte er die Sonde in die Wunde ein, die an manchen Stellen immer noch entzündet war.

»Nein, fahren Sie fort.«

Aber Rivaud hatte nichts mehr zu sagen. Sie schwiegen, bis die Untersuchung beendet war, und schweigend packte der Chirurg auch alles wieder in seine Tasche und wusch sich die Hände. Erst als er zur Tür ging, blickte er Maigret noch einmal ins Gesicht.

War das der Blick eines Arztes? War es der Blick des Schwagers von Françoise, des Mannes der seltsamen Madame Rivaud?

Jedenfalls war es ein sorgenvoller Blick. Bevor er hinausging, schien er noch etwas sagen zu wollen, zog es dann aber doch vor zu schweigen. Erst auf der Treppe war Geflüster zwischen ihm und Madame Maigret zu hören.

Das Schlimmste war, dass Maigret sich jetzt an alle Einzelheiten seines Traums erinnerte. Er spürte auch andere Warnsignale. Vorhin hatte er nichts gesagt, aber das Abhorchen war viel schmerzhafter gewesen als am Vortag, was ein schlechtes Zeichen war. Dasselbe galt für dieses anhaltende Fieber. Und seine Pfeife, die er vom Nachttisch genommen hatte, legte er gleich wieder hin!

Seufzend kam seine Frau herein.

»Was hat er gesagt?«

»Er will nichts sagen. Ich habe ihn gefragt. Anscheinend hat er dir vollkommene Ruhe verordnet.«

»Wie weit ist die offizielle Untersuchung?«

Madame Maigret setzte sich schicksalsergeben hin, aber ihre ganze Haltung drückte unmissverständlich aus, dass sie das Verhalten ihres Mannes missbilligte und weder seine Dickköpfigkeit noch seine Zuversicht teilte.

»Die Autopsie?«

»Der Mann muss wenige Stunden, nachdem er auf dich geschossen hat, gestorben sein.«

»Hat man die Waffe immer noch nicht gefunden?«

»Nein. Das Foto der Leiche wird heute Morgen in allen Zeitungen veröffentlicht, weil niemand ihn kennt. Selbst die Pariser Zeitungen bringen es.«

»Zeig mal.«

Maigret ergriff die Zeitung mit einer gewissen Erregung. Als er das Foto betrachtete, hatte er das Gefühl, dass er im Grunde als Einziger den Toten gekannt hatte.

Er hatte ihn nicht gesehen. Aber sie hatten eine Nacht zusammen verbracht. Er erinnerte sich an den unruhigen Schlaf seines Reisegefährten – hatte er überhaupt geschlafen? –, an seine Seufzer, seine Art, plötzlich zu schluchzen.

Dann die beiden Beine, die heruntergebaumelt hatten, die Lackschuhe, die handgestrickten Strümpfe.

Das Foto war grauenhaft, wie alle Fotos von Leichen, die möglichst lebendig aussehen sollen, damit sie leichter zu identifizieren sind.

Ein aschfahles Gesicht. Glasige Augen. Maigret war nicht überrascht, als er graue Barthaare auf den Wangen sah.

Warum hatte ihm dieser Anblick schon im Zugabteil vorgeschwebt? Er hatte sich seinen Begleiter nie ohne grauen Bart vorgestellt.

Und was für einer! Drei Zentimeter lange Barthaare im ganzen Gesicht.

»Im Grunde geht dich dieser Fall nichts an.«

Seine Frau ging wieder zum Angriff über, wenn auch sanft, entschuldigend. Sie war bestürzt über Maigrets Gesundheitszustand und blickte ihn an wie einen Schwerkranken.

»Ich habe gestern Abend im Restaurant die Leute reden hören. Sie sind alle gegen dich. Du kannst sie fragen: Niemand wird dir sagen, was er weiß. Unter diesen Umständen ...«

»Würdest du ein Blatt Papier und einen Füller nehmen?«

Er diktierte ihr ein Telegramm an einen ehemaligen Kollegen, den er bei der Sûreté in Algier kannte:

Erbitte dringend telegraphische Auskunft nach Bergerac über den Aufenthalt von Dr. Rivaud vor fünf Jahren am Krankenhaus in Algier. Danke. Herzlichst Maigret.

Das Gesicht seiner Frau sprach Bände. Sie schrieb, aber sie tat es mit wenig Überzeugung. Sie glaubte nicht an diesen Fall. Und er spürte es. Es machte ihn wütend. Andere mochten skeptisch sein, aber bei seiner Frau war es ihm unerträglich. So sehr, dass er sich aufregte und in bissigem Ton sagte:

»Das wär's. Du brauchst es weder zu verbessern noch deine Meinung zu sagen. Gib das Telegramm auf! Erkundige dich nach dem Gang der Ermittlungen! Alles andere mache ich.«

Sie blickte ihn an, als ob sie sich wieder versöhnen wollte, aber der Zorn hatte ihn noch zu fest im Griff.

»Bitte behalt außerdem deine Meinung von jetzt an für dich. Mit anderen Worten: Es bringt nichts, dem Arzt, Leduc oder sonst einem Dummkopf dein Herz auszuschütten.«

Er drehte sich so schwerfällig und ungeschickt um, dass er an den Seehund von der Nacht zuvor denken musste.

Da er mit der linken Hand schrieb, wurden die Buchstaben noch dicker als sonst. Er atmete schwer, weil seine Position unbequem war.

Auf dem Platz direkt unter seinem Fenster spielten zwei Jungen mit Murmeln. Er war mehrmals kurz davor, ihnen zuzurufen, dass sie still sein sollten.

Erstes Verbrechen: Die Schwiegertochter des Bauern vom Moulin-Neuf wird auf dem Weg überfallen und erdrosselt. Dann wird ihr eine lange Nadel in die Brust gebohrt, die bis zum Herzen reicht.

Er seufzte und notierte am Rand:

(Uhrzeit, genauer Tatort, Kraft des Opfers?)

Er wusste nichts. Bei einer gewöhnlichen Ermittlung wären für diese Einzelheiten nur ein paar Erkundigungen nötig gewesen. Jetzt musste er Himmel und Hölle dafür in Bewegung setzen.

Zweites Verbrechen: Die Tochter des Bahnhofsvorstehers wird überfallen, erdrosselt, und eine Nadel wird ihr ins Herz gebohrt.
Drittes Verbrechen (misslungen): Rosalie wird von hinten überfallen, aber sie schlägt den Verbrecher in die Flucht.
(Träumt jede Nacht und liest Romane. Aussage des Verlobten.)
Viertes Verbrechen: Ein Mann, der aus dem fah-

renden Zug springt und den ich verfolge, schießt
mir in die Schulter. Zu beachten: Dies geschieht
wie die drei anderen Verbrechen im Wald von
Moulin-Neuf.
Fünftes Verbrechen: Der Mann wird im selben
Wald durch einen Kopfschuss getötet.
Sechstes Verbrechen (?): Françoise wird im Wald
von Moulin-Neuf überfallen und wehrt den An-
greifer ab.

Er knüllte das Blatt zusammen, zuckte mit den
Schultern und warf es weg. Dann nahm er ein anderes und schrieb mit unsicherer Hand:

Duhourceau: verrückt?
Rivaud: verrückt?
Françoise: verrückt?
Madame Rivaud: verrückt?
Rosalie: verrückt?
Kommissar: verrückt?
Hotelbesitzer: verrückt?
Leduc: verrückt?
Unbekannter mit den Lackschuhen: verrückt?

Aber warum brauchte er eigentlich einen Verrückten in der Geschichte? Er runzelte die Stirn und
musste plötzlich an seine ersten Stunden in Bergerac denken.

Wer hatte da von Wahnsinn gesprochen? Wer hatte angedeutet, nur ein Verrückter könne die beiden Verbrechen begehen?

Doktor Rivaud!

Und wer hatte dem sofort zugestimmt und die Ermittlungen in diese Richtung gelenkt?

Staatsanwalt Duhourceau!

Und wenn man gar nicht nach einem Verrückten suchte? Wenn man eine logische Erklärung für die nacheinander begangenen Verbrechen annahm?

Konnte es nicht zum Beispiel sein, dass diese Geschichte mit der ins Herz gebohrten Nadel nur dazu diente, den Verdacht auf einen Sadisten zu lenken?

Auf ein anderes Blatt schrieb Maigret die Überschrift: *Fragen.* Und er verschnörkelte die Buchstaben wie ein Schüler, der die Zeit totschlug.

1. Ist Rosalie wirklich überfallen worden oder nur in ihrer Phantasie?

2. Ist Françoise überfallen worden?

3. Wenn ja, war es der Mörder der ersten beiden Frauen?

4. Ist der Mann mit den grauen Strümpfen der Mörder?

5. Wer ist der Mörder des Mörders?

Madame Maigret kam herein, warf nur einen kurzen Blick aufs Bett, ging nach hinten ins Zimmer, legte Hut und Mantel ab und setzte sich schließlich zu ihrem Mann.

Mit einer mechanischen Bewegung nahm sie ihm die Blätter und den Bleistift aus den Händen und sagte:

»Diktiere.«

Einen Augenblick lang war er hin- und hergerissen zwischen dem Verlangen, wieder eine Szene zu machen, ihre Haltung als Herausforderung, als Beleidigung zu betrachten, und dem Wunsch, nachsichtig zu sein und sich mit ihr zu versöhnen.

Er wandte den Kopf, unbeholfen, wie er in solchen Situationen immer war. Sie überflog die Zeilen, die er geschrieben hatte.

»Hast du einen Verdacht?«

»Nicht den geringsten.«

Er platzte vor Wut. Nein, er hatte keinen Verdacht! Nein, er befasste sich mit dieser komplizierten Geschichte nicht nur zum Spaß. Es war zum Haareraufen! Er war kurz davor, den Mut zu verlieren. Er hätte nicht wenig Lust gehabt, sich auszuruhen, die wenigen verbleibenden Urlaubstage in Leducs kleinem Landhaus zu verbringen, zwischen Federvieh, mit den beruhigenden Geräuschen des Hofes, dem Geruch von Kühen und Pferden …

Aber er wollte nicht das Feld räumen! Er brauchte keine guten Ratschläge!

Begriff sie das jetzt endlich? Würde sie ihm wirklich helfen, statt ihn unsinnigerweise dazu zu drängen, sich auszuruhen?

Das alles sagten seine trüben Augen.

Und sie antwortete mit einer Bemerkung, die man nicht oft von ihr hörte:

»Mein armer Maigret!«

Denn unter bestimmten Umständen nannte sie ihn Maigret. Wenn sie ihm zugestand, dass er der Mann, der Herr, die Kraft und die Intelligenz in ihrer Ehe war. Diesmal tat sie es vielleicht nicht mit viel Überzeugung. Aber hatte er nicht auf ihre Antwort gewartet wie ein Kind, das eine Ermutigung braucht?

Nun, jetzt hatte er sie bekommen.

»Kannst du mir noch ein drittes Kopfkissen in den Rücken legen?«

Schluss mit den dummen Rührseligkeiten, den kleinen Wutanfällen, dem kindischen Benehmen!

»Und stopf mir eine Pfeife!«

Die beiden Jungen auf dem Platz stritten sich. Einer bekam eine Ohrfeige. Er lief zu einem niedrigen Haus und begann laut zu weinen, als er hineinging und sich bei seiner Mutter beschwerte.

»Vor allem müssen wir uns einen Arbeitsplan machen. Nun, ich denke, am besten tun wir so, als ob wir nichts Neues mehr erfahren würden. Mit anderen Worten, wir setzen auf das, was wir wissen, und prüfen alle Hypothesen, bis sich eine als stichhaltig erweist.«

»Ich bin Leduc in der Stadt begegnet.«

»Hat er mit dir gesprochen?«

»Natürlich«, erwiderte sie lächelnd. »Er hat erneut darauf gedrungen, dich dazu zu bringen, Bergerac zu verlassen und zu ihm zu fahren. Er kam gerade vom Staatsanwalt.«

»Sieh mal an! Sieh mal an!«

»Er hat schnell geredet, als wäre er wütend.«

»Warst du im Leichenschauhaus, um dir den Toten anzusehen?«

»Es gibt hier keins. Man hat ihn in die Arrestzelle gebracht. Fünfzig Leute haben sich an der Tür gedrängt. Ich habe gewartet, bis ich an der Reihe war.«

»Hast du die Strümpfe gesehen?«

»Schöne Wolle. Sie sind handgestrickt.«

»Das deutet darauf hin, dass der Mann ein ordentliches Leben geführt oder zumindest eine Frau, eine Schwester, eine Tochter hatte, die sich um ihn gekümmert hat. Oder aber er war ein Landstreicher! Denn die bekommen die Strümpfe geschenkt, die junge Töchter aus gutem Hause in den Pfarrgemeinden stricken.«

»Aber Landstreicher reisen nicht im Schlafwagen.«

»Eigentlich auch keine Kleinbürger und erst recht keine kleinen Angestellten. Jedenfalls nicht in Frankreich. Der Schlafwagen lässt auf jemanden schließen, der an große Reisen gewöhnt ist. Die Schuhe …«

»Sie sind von einer bestimmten Marke, die in hundert oder zweihundert Filialen verkauft wird.«

»Die Kleidung?«

»Ein sehr abgenutzter schwarzer Anzug, aber aus gutem Stoff und bestimmt maßgeschneidert. Er war wie der Mantel mindestens drei Jahre alt.«

»Der Hut?«

»Den hat man nicht gefunden. Der Wind hat ihn wohl weggeweht.«

Maigret kramte in seinem Gedächtnis, aber es gelang ihm nicht, sich an den Hut des Mannes aus dem Zug zu erinnern.

»Ist dir sonst noch was aufgefallen?«

»Das Hemd war am Kragen und an den Manschetten geflickt, aber recht ordentlich.«

»Auch das weist darauf hin, dass sich eine Frau um den Mann gekümmert hat. Brieftasche, Papiere und kleine Gegenstände in den Taschen?«

»Nur eine kurze Zigarettenspitze aus Elfenbein.«

Sie sprachen nüchtern und ruhig miteinander wie zwei alte Kollegen. Nach Stunden der Gereiztheit trat der Moment der Entspannung ein. Maigret rauchte seine Pfeife in kurzen Zügen.

»Ach, da kommt Leduc!«

Man sah ihn den Platz überqueren. Sein Gang

war unsicherer als sonst, der Strohhut ein wenig in den Nacken gerutscht. Als er den Treppenabsatz erreichte, öffnete ihm Madame Maigret die Tür. Er vergaß, sie zu begrüßen.

»Ich komme vom Staatsanwalt.«

»Ich weiß.«

»Ja, deine Frau hat's dir gesagt. Ich bin dann sofort ins Kommissariat, um sicherzugehen, dass die Neuigkeiten stimmen. So etwas Unerhörtes, Erstaunliches.«

»Ich höre.«

Leduc wischte sich den Schweiß von der Stirn. Ohne zu überlegen, trank er das Glas Limonade halb leer, das Madame Maigret für ihren Mann hingestellt hatte.

»Kann ich? Es ist das erste Mal, dass so etwas geschieht. Man hat natürlich die Fingerabdrücke nach Paris geschickt, und gerade ist die Antwort eingetroffen. Na ja …«

»Was denn?«

»Unsere Leiche ist schon seit Jahren tot.«

»Was sagst du?«

»Ich sage, der Tote ist amtlich schon seit Jahren tot. Es handelt sich um einen gewissen Meyer, bekannt unter dem Namen Samuel, der in Algier zum Tode verurteilt und …«

Maigret hatte sich auf den Ellbogen aufgerichtet.

»Und hingerichtet wurde?«

»Nein, er ist wenige Tage vor der Hinrichtung im Krankenhaus gestorben.«

Beim Anblick des strahlenden Gesichts ihres Mannes konnte Madame Maigret ein gerührtes, leicht spöttisches Lächeln nicht unterdrücken.

Er bemerkte es und hätte ebenfalls fast gelächelt. Aber die Würde siegte. Er setzte ein gebührend ernstes Gesicht auf.

»Was hatte er getan, dieser Samuel?«

»Davon steht nichts in der Antwort aus Paris. Wir haben nur ein chiffriertes Telegramm bekommen. Heute Abend werden wir eine Kopie seiner Akte erhalten. Man darf eins nicht vergessen – das gibt selbst Bertillon zu: Die Wahrscheinlichkeit, dass sich die Fingerabdrücke von zwei Menschen gleichen, liegt bei eins zu hunderttausend, wenn ich mich nicht irre. Dennoch sind wir hier auf diesen Ausnahmefall gestoßen.«

»Ist der Staatsanwalt wütend?«

»Ja, natürlich. Er spricht jetzt davon, die mobile Brigade kommen zu lassen, aber er befürchtet, dass sich die Inspektoren ihre Anweisungen dann bei dir abholen. Er hat mich gefragt, ob du viel Einfluss bei der Polizei hättest und so weiter.«

»Stopf mir eine Pfeife«, sagte Maigret zu seiner Frau.

»Das ist die dritte!«

»Macht nichts. Ich wette, meine Temperatur ist

nicht höher als siebenunddreißig. Samuel! Die Schuhe mit den Gummibändern. Samuel ist jüdisch und vermutlich sehr familienbewusst und sparsam. Daher die gestrickten Strümpfe und der drei Jahre alte Anzug aus robustem Stoff.«

Er unterbrach sich.

»Ich scherze, Kinder. Aber ich kann euch auch die Wahrheit sagen. Ich habe ein paar schlimme Stunden hinter mir. Wenn ich nur an diesen Traum denke. Jetzt ist der Seehund – falls es nicht doch ein Wal ist … Nun ja, der Seehund ist endlich vorwärtsgekommen. Und ihr werdet schon sehen, er wird seinen Weg unbeirrt weiterrobben.«

Er brach in Gelächter aus, als Leduc einen besorgten Blick in Madame Maigrets Richtung warf.

7

Samuel

Die beiden Nachrichten kamen fast zur selben Zeit, am Abend, kurz vor dem Besuch des Chirurgen.

Zuerst das Telegramm aus Algier:

Dr. Rivaud im Krankenhaus unbekannt. Herzlichst Martin.

Maigret hatte es gerade geöffnet, als Leduc eintrat, ohne dass er seinen Kollegen zu fragen wagte, was er las.

»Sieh dir das mal an!«

Er warf einen Blick auf die Mitteilung, schüttelte den Kopf und sagte:

»Natürlich.«

Und seine Geste bedeutete so viel wie: Natürlich darf man nicht erwarten, dass irgendetwas an diesem Fall einfach ist. Wir werden im Gegenteil bei jedem Schritt auf neue Hindernisse stoßen! Ich habe also doch recht: Es wäre das Beste, wir machen es uns bei mir in der Ribaudière gemütlich.

Madame Maigret war ausgegangen. Trotz der Dämmerung dachte Maigret nicht daran, das Licht anzuknipsen. Die Laternen auf dem Platz brannten. Er liebte es, um diese Zeit ihre regelmäßige Girlande zu betrachten. Er wusste, dass im zweiten Haus links von der Garage zuerst das Licht angehen würde. Dann würde er im Schein der Lampe die Silhouette einer Schneiderin sehen, die sich wie immer über ihre Arbeit beugte.

»Bei der Polizei gibt es auch was Neues«, murmelte Leduc.

Er war verlegen. Er wollte nicht den Eindruck erwecken, dass er gekommen war, um Maigret auf dem Laufenden zu halten. Vielleicht hatte man ihn sogar gebeten, den Kommissar über die Ergebnisse der offiziellen Ermittlung in Unkenntnis zu lassen.

»Was Neues über Samuel?«

»Allerdings! Zuerst ist die Akte eingetroffen. Dann hat Lucas, der sich wohl früher mit ihm befasst hat, aus Paris angerufen und ein paar Einzelheiten mitgeteilt.«

»Erzähl.«

»Man weiß nicht genau, woher er kommt. Aber es spricht vieles dafür, dass er in Polen oder Jugoslawien geboren ist. Irgendwo dort jedenfalls. Ein wortkarger Mann, der nicht gern über seine Geschäfte sprach. In Algier hatte er ein Büro. Rate, was für eins!«

»Bestimmt irgendwas Undurchsichtiges.«

»Einen Briefmarkenhandel.«

Und Maigret war entzückt, weil das hervorragend zum Mann aus dem Zug passte.

»Einen Briefmarkenhandel, hinter dem sich etwas anderes verbarg, wie man sich denken kann. Das Stärkste ist, es war so geschickt aufgezogen, dass die Polizei nichts gemerkt hat und ein doppeltes Verbrechen geschehen musste, damit … Ich gebe in groben Zügen wieder, was Lucas am Telefon gesagt hat. Das besagte Büro war eine der größten Werkstätten für falsche Pässe und vor allem für falsche Arbeitsverträge. Samuel hatte Mitarbeiter in Warschau, Wilna, Schlesien, Istanbul …«

Der Abendhimmel war jetzt ganz blau. Die Häuser hoben sich perlmuttweiß davon ab. Von unten drang der übliche Lärm des Aperitifs herauf.

»Seltsam«, sagte Maigret.

Aber er fand nicht Samuels Beruf seltsam, sondern die Tatsache, dass Fäden nach Bergerac führten, die einst zwischen Warschau und Algier geknüpft worden waren.

Und vor allem, dass man von einem rein lokalen Fall, einem Kleinstadtverbrechen, auf ein internationales Verbrechernetzwerk stieß.

In Paris und anderswo waren ihm hunderte Leute wie Samuel untergekommen. Er hatte sie immer mit Neugier und einem gewissen Unbehagen studiert, als bildeten sie eine Welt für sich.

Individuen, die man als Barmixer in Skandinavien, als Gangster in Amerika, als Besitzer von Spielhöllen in Holland oder anderswo, als Oberkellner oder Theaterdirektoren in Deutschland, als Geschäftsleute in Nordafrika fand.

Und hier, vor der Kulisse dieses vollkommen friedlichen Städtchens Bergerac, wurde eine Welt von Menschen heraufbeschworen, die durch ihre Kraft, ihre Anzahl und die Tragik ihres Schicksals erschreckend waren.

In Mittel- und Osteuropa – von Budapest bis Odessa, von Tallin bis Belgrad – wimmelte es von Menschen, die allzu dicht beieinander lebten.

Hunderttausende mittelloser Juden brachen jedes Jahr in alle Himmelsrichtungen auf: Scharen von Emigranten an Bord von Passagierschiffen, in Nachtzügen, mit Kindern auf dem Arm und alten Eltern, die man mitnahm, schicksalsergebene, von Elend gezeichnete Gesichter, die an den Grenzpfählen vorbeizogen.

In Chicago gab es mehr Polen als Amerikaner. Frankreich hatte einen vollen Zug nach dem anderen aufgenommen. Die Gemeindedirektoren in den Dörfern mussten sich die Namen buchstabieren lassen, wenn die Einwohner kamen, um eine Geburt oder einen Todesfall zu melden.

Es gab etliche, die offiziell auswanderten, mit ordnungsgemäßen Papieren.

Aber auch andere, die nicht die Geduld hatten zu warten, bis sie an der Reihe waren, oder die kein Visum erhielten.

Dann schalteten sich Leute wie Samuel ein. Sie kannten alle Dörfer und Zufluchtsorte, alle Anlaufstellen, Grenzbahnhöfe, Konsulatsstempel und die Unterschriften der Beamten.

Es waren Leute, die zehn Sprachen und ebenso viele Dialekte sprachen.

Und die ihre Tätigkeit hinter einem blühenden, möglichst internationalen Geschäft verbargen.

Keine schlechte Idee, der Briefmarkenhandel!

Mr. Levi, Chicago,
ich schicke Ihnen mit dem nächsten Schiff zweihundert seltene Briefmarken mit orangener Vignette der Tschechoslowakei …

Und natürlich befasste sich Samuel wie die meisten von ihnen nicht nur mit Männern.

In den Freudenhäusern Südamerikas waren die Französinnen die begehrtesten von allen. Ihre Häscher arbeiteten in Paris auf den Grands Boulevards.

Aber der Großteil der Truppe, die preiswerte Ware, wurde aus Osteuropa geliefert. Mädchen vom Land, die mit fünfzehn oder sechzehn fortgingen und mit zwanzig wiederkamen – oder auch nicht –, nachdem sie sich ihre Mitgift verdient hatten.

Mit alldem hatte man am Quai des Orfèvres täglich zu tun.

Was Maigret verwirrte, war das plötzliche Auftauchen dieses Samuel im Fall von Bergerac, in dem bis dahin nur der Staatsanwalt Duhourceau, der Arzt und seine Frau, Françoise, Leduc und der Hotelbesitzer eine Rolle gespielt hatten.

Jetzt tauchte eine neue Welt auf, eine von Grund auf andere Atmosphäre.

Das ließ den ganzen Fall in einem völlig neuen Licht erscheinen. Maigret blickte auf den kleinen Lebensmittelladen gegenüber, dessen Einmachgläser er mittlerweile alle kannte. Weiter hinten die Zapfsäule der Tankstelle, eine Zapfsäule, die wohl nur zur Zierde diente, denn Benzin wurde immer in Kanistern ausgegeben.

Leduc berichtete:

»Es ist auch erstaunlich, dass man das Geschäft in Algerien aufgezogen hat. Viele von Samuels Kunden waren übrigens Araber und auch Schwarze aus Zentralafrika.«

»Sein Verbrechen?«

»Zwei Morde! Zwei Männer, in Algier unbekannt, die man tot auf einem unbebauten Gelände gefunden hat. Sie kamen beide aus Berlin. Man hat Nachforschungen angestellt und nach und nach herausgefunden, dass sie schon lange mit Samuel zusammengearbeitet haben. Die Untersuchung hat Monate gedauert. Man fand keine Beweise. Samuel ist krank geworden. Man musste ihn vom Gefängnislazarett ins Krankenhaus bringen.

Man hat die Tragödie fast vollständig rekonstruiert: Die beiden Mitarbeiter aus Berlin hatten sich über Unregelmäßigkeiten beschwert. Samuel muss ein Gauner gewesen sein, der jeden übers Ohr haute. Sie haben ihn bedroht ...«

»Und unser Mann hat sie umgebracht!«

»Er wurde zum Tode verurteilt, aber man brauchte ihn nicht hinzurichten, weil er wenige Tage nach der Urteilsverkündung im Krankenhaus gestorben ist.

Das ist alles, was ich weiß.«

Der Arzt war erstaunt, die beiden Männer im Dunkeln vorzufinden, und schaltete unvermittelt das Licht an. Nach einem kurzen Gruß stellte er seine Tasche auf den Tisch, zog seinen leichten Mantel aus und ließ heißes Wasser ins Waschbecken laufen.

»Ich geh dann mal«, sagte Leduc und erhob sich. »Ich komme morgen wieder.«

Wahrscheinlich störte es ihn, dass Rivaud ihn in

Maigrets Zimmer überrascht hatte. Er wohnte in dieser Gegend und hatte ein Interesse daran, mit beiden Lagern auszukommen, denn es gab jetzt zwei Lager.

»Erhol dich gut! Auf Wiedersehn, Doktor.«

Und der Arzt, der sich die Hände einseifte, antwortete mit einem Brummen.

»Die Temperatur?«

»Mal so, mal so«, antwortete Maigret.

Er war bester Laune, wie am Anfang des Falls, als es für ihn ein so großes Glück gewesen war, noch am Leben zu sein.

»Schmerzen?«

»Ach, ich gewöhne mich langsam dran.«

Wie jeden Tag wurden immer dieselben Handgriffe erledigt, die schon zu einer Art Ritual geworden waren.

Rivauds Gesicht war dabei die ganze Zeit Maigret ganz nah, der plötzlich bemerkte:

»Ihre Herkunft sieht man Ihnen kaum an.«

Keine Antwort. Nur der regelmäßige, ein wenig pfeifende Atem des Arztes, der mit der Sonde in die Wunde fuhr. Als er fertig war und den Verband wieder angelegt hatte, verkündete er:

»Sie sind jetzt transportfähig.«

»Was soll das heißen?«

»Dass Sie nicht mehr in diesem Hotelzimmer eingesperrt sind. War nicht die Rede davon, dass

Sie ein paar Tage bei Ihrem Freund Leduc verbringen?«

Ein Mann mit Selbstbeherrschung, das stand fest. Seit mindestens einer Viertelstunde blickte Maigret ihn unverwandt an, aber er verzog weder eine Miene noch zitterten seine Finger, während er die komplizierten Handgriffe ausführte.

»Ich komme von jetzt an nur noch jeden zweiten Tag. An den anderen Abenden schicke ich Ihnen meinen Assistenten. Sie können ihm voll und ganz vertrauen.«

»Genauso wie Ihnen?«

Es gab Augenblicke – nur wenige übrigens –, in denen Maigret nicht umhin konnte, eine kleine Bemerkung wie diese fallen zu lassen, mit einer einfältigen Miene, die ihr erst die richtige Würze gab.

»Guten Abend!«

Und weg war er. Maigret war wieder allein mit all den Personen in seinem Kopf, dazu dem berühmten Samuel, der sich zum Kreis dazugesellt und gleich den ersten Platz eingenommen hatte.

Diesen Samuel zeichnete der höchst originelle und wenig alltägliche Umstand aus, zweimal gestorben zu sein.

War er der Mörder der beiden Frauen? Der Besessene mit der Nadel?

Denn es gab mehrere Ungereimtheiten, zumindest zwei: erstens, dass er sich Bergerac als Schauplatz seiner Taten ausgesucht hatte.

Leute wie er zogen Großstädte vor, wo die Bevölkerung bunt gemischt war und wo man leichter untertauchen konnte.

Aber man hatte Samuel weder in Bergerac noch im ganzen Département je gesehen. Mit seinen Lackschuhen war er nicht der Mann, der verwahrlost im Wald umherirrte.

Musste man annehmen, dass er bei jemandem Unterschlupf gefunden hatte? Beim Arzt? Bei Leduc? Bei Duhourceau? Im Hôtel d'Angleterre?

Zweitens handelte es sich bei den Verbrechen in Algier um überlegte, intelligente Verbrechen, mit denen man gefährlich gewordene Komplizen aus dem Weg hatte räumen wollen.

Die Verbrechen von Bergerac dagegen waren das Werk eines Verrückten, eines Triebtäters oder Sadisten.

War Samuel in der Zwischenzeit verrückt geworden? Oder hatte er aus einem undurchsichtigen Grund das Bedürfnis verspürt, den Wahnsinn vorzutäuschen und die Geschichte mit der Nadel nur als makabren Vorwand zu benutzen?

»Ich würde gern wissen, ob Duhourceau schon mal in Algerien gewesen ist«, murmelte Maigret vor sich hin.

Seine Frau kam herein. Sie war müde, warf ihren

Hut auf den Tisch und ließ sich in den Ohrensessel fallen.

»Was hast du bloß für einen Beruf«, seufzte sie. »Wenn ich daran denke, dass du dich ständig mit solchen Sachen herumschlagen musst!«

»Was Neues?«

»Nichts Interessantes. Ich habe gehört, dass aus Paris der Bericht über Samuel eingetroffen ist. Man hält ihn geheim.«

»Ich kenne ihn.«

»Von Leduc? Bestimmt von ihm. Denn du hast hier in der Gegend nicht den besten Ruf. Die Leute sind verunsichert. Es gibt welche, die behaupten, die Geschichte mit Samuel habe nichts mit den Verbrechen des Verrückten zu tun. Der Mann sei einfach hergekommen, um sich im Wald das Leben zu nehmen, und über kurz oder lang werde eine weitere Frau ermordet.«

»Bist du an Rivauds Villa vorbeigekommen?«

»Ja. Ich habe nichts gesehen. Aber ich habe etwas erfahren, eine Kleinigkeit, die vielleicht keine Bedeutung hat. Zwei- oder dreimal war in der Villa eine ziemlich gewöhnliche Frau mittleren Alters zu Besuch, die man für die Schwiegermutter des Arztes hält. Aber niemand weiß, wo sie wohnt, auch nicht, ob sie noch lebt. Das letzte Mal war sie vor zwei Jahren hier.«

»Gib mir das Telefon!«

Und Maigret verlangte das Kommissariat.

»Ist dort der Sekretär? … Nein, Sie brauchen Ihren Chef nicht zu bemühen. Sagen Sie mir nur den Mädchennamen von Madame Rivaud. Das sollte doch kein Problem sein.«

Wenig später lächelte er. Die Hand über der Sprechmuschel, sagte er zu seiner Frau:

»Man geht erst den Kommissar fragen, ob man mir die Auskunft geben darf. Sie sind verlegen und würden es mir gern verweigern. Hallo! … Ja … Was sagen Sie? … Beausoleil? Vielen Dank.«

Und nachdem er aufgelegt hatte:

»Was für ein schöner Name! Und jetzt werde ich dir eine Aufgabe geben, die Geduld erfordert. Du besorgst dir ein Telefonbuch und erstellst eine Liste von allen medizinischen Fakultäten Frankreichs! Dann rufst du bei jeder an und fragst, ob man vor einigen Jahren einem gewissen Rivaud ein Diplom ausgestellt hat.«

»Denkst du, er hat keins? Aber … Aber er hat dich doch behandelt!«

»Na los!«

»Soll ich von der Telefonzelle unten aus anrufen? Mir ist aufgefallen, dass man im Saal alles mithören kann.«

»Ja, wunderbar!«

Er war wieder allein, stopfte sich eine Pfeife und schloss das Fenster, denn es wurde kühl draußen.

Es fiel ihm nicht schwer, sich die Villa des Arztes und das düstere Haus des Staatsanwalts vorzustellen.

Ihm, dem es so viel Vergnügen bereitete, in die Atmosphäre eines Hauses einzutauchen.

Musste die in der Villa nicht besonders merkwürdig sein? Ein schlichtes Dekor, klare Linien. Eines jener Häuser, bei denen die Vorbeigehenden vor Neid erblassen und sich sagen: »Wie glücklich müssen die Leute da drinnen sein!«

Mit hellen Zimmern, schimmernden Vorhängen, Blumen im Garten, glänzenden Messingklinken. Das Auto vor der Garage, mit angelassenem Motor. Eine junge, schlanke Frau, die sich ans Steuer setzt, oder aber der so ordentlich gekleidete Chirurg selbst.

Was mochten sich die drei abends zu sagen haben? War Madame Rivaud über die Affäre ihrer Schwester und ihres Mannes im Bilde?

Sie war nicht hübsch. Das wusste sie. Sie hatte nichts von einer Verliebten, sondern erinnerte vielmehr an eine sich in ihr Schicksal fügende Mutter und Hausfrau.

Und Françoise, die vor Leben sprühte.

Versteckten sie sich vor ihr? Küssten sie sich heimlich hinter verschlossenen Türen?

Oder wurde die Situation im Gegenteil von allen geduldet? So etwas hatte Maigret schon anderswo erlebt, in einem Haus, das viel strenger gewirkt hatte. Auch in der Provinz!

Woher kamen diese Beausoleils? Stimmte die Geschichte vom Krankenhaus in Algier?

Jedenfalls war Madame Rivaud damals wahrscheinlich eine einfache junge Frau gewesen.

Das spürte man an winzigen Einzelheiten, an bestimmten Blicken, an gewissen Gesten, an etwas in ihrer Haltung, ihrer Art, sich zu kleiden.

Zwei einfache junge Frauen. Die ältere, die leichter zu durchschauen war, verriet selbst nach Jahren noch, woher sie kam.

Die jüngere dagegen hatte sich viel besser angepasst und konnte die Leute in die Irre führen.

Hassten sie sich? Vertrauten sie einander? Waren sie eifersüchtig aufeinander?

Und die Mutter Beausoleil, die zweimal nach Bergerac gekommen war? Ohne zu wissen, warum, stellte Maigret sie sich als eine füllige Klatschbase vor, die froh darüber war, ihre Töchter gut untergebracht zu haben, und ihnen empfahl, sehr nett zu einem so bedeutenden und reichen Herrn wie dem Chirurgen zu sein.

Man zahlte ihr vermutlich eine kleine Rente.

»Ich kann sie mir gut in Paris vorstellen, im 18. Arrondissement, oder noch besser in Nizza.«

Unterhielt man sich beim Abendessen über die Verbrechen?

Einen Besuch dort machen, einen einzigen, nur für ein paar Minuten! Die Wände betrachten, den Nippes, die in jedem Haus herumstehenden kleinen Gegenstände, die so aufschlussreich sind, so viel vom Privatleben einer Familie verraten.

Auch bei Monsieur Duhourceau! Denn es gab ein Band zwischen beiden. Vielleicht nur ein sehr dünnes, aber es war da.

All diese Leute bildeten einen Klan und unterstützten einander.

Plötzlich klingelte Maigret und ließ den Wirt bitten heraufzukommen. Ohne Umschweife fragte er ihn:

»Wissen Sie, ob Monsieur Duhourceau oft bei den Rivauds zu Abend isst?«

»Jeden Mittwoch. Ich weiß es, weil er dann nicht mit dem eigenen Wagen fährt und mein Neffe, der Taxifahrer ist …«

»Danke.«

»Ist das alles?«

Verblüfft ging der Hotelier davon. Maigret setzte in seiner Vorstellung eine weitere Person an die weiße Tischdecke: den Staatsanwalt, dem man wahrscheinlich den Platz rechts von Madame Rivaud zuwies.

›An einem Mittwoch oder vielmehr in der Nacht von Mittwoch auf Donnerstag hat man auf mich geschossen, nachdem ich aus dem Zug gesprungen bin. Da ist auch Samuel getötet worden‹, wurde ihm plötzlich klar.

Sie hatten also dort zusammen zu Abend gegessen. Maigret hatte das Gefühl, plötzlich einen Riesenschritt vorangekommen zu sein. Er griff zum Telefonhörer.

»Hallo! Ist dort das Fernamt von Bergerac? Hier die Polizei, Mademoiselle.«

Aus Angst, erkannt zu werden, schlug er einen härteren Ton an.

»Sagen Sie, hat Monsieur Rivaud am letzten Mittwoch einen Anruf aus Paris erhalten?«

»Ich werde auf seinem Blatt nachsehen.«

Das dauerte nicht einmal eine Minute.

»Er wurde um zwei Uhr nachmittags von Archiv 14–67 angerufen.«

»Haben Sie eine Liste, auf der die Pariser Fernsprechteilnehmer nach Nummern verzeichnet sind?«

»Ich glaube, ich habe irgendwo eine gesehen. Bleiben Sie am Apparat?«

Sie klang wie eine hübsche, fröhliche junge Frau. Maigret sprach lächelnd mit ihr.

»Hallo … Ich hab sie gefunden. Es ist das Restaurant Quatre-Sergents an der Place de la Bastille.«

»Ein Drei-Minuten-Gespräch?«

»Nein, drei Einheiten. Also neun Minuten.«

Neun Minuten! Um zwei Uhr! Der Zug fuhr um

drei ab. Als Maigret an jenem Abend in dem überheizten Abteil unter dem Bett seines unruhigen Reisegefährten gelegen hatte, war der Staatsanwalt zum Abendessen bei den Rivauds gewesen.

Maigret wurde von einer wahnsinnigen Ungeduld ergriffen. Fast wäre er aus dem Bett gesprungen. Denn er spürte, er näherte sich dem Ziel, und diesmal täuschte er sich nicht.

Die Wahrheit war fast zum Greifen nahe. Es ging nur noch darum, den richtigen Riecher zu haben, die vorliegenden Fakten richtig zusammenzufügen.

Aber gerade in solchen Augenblicken riskierte man, sich blindlings auf eine falsche Spur zu stürzen.

›Also, sie sitzen bei Tisch. Was hat Rosalie in Bezug auf Monsieur Duhourceau andeuten wollen? Vermutlich Leidenschaften, die mit seinem Alter und seinem Beruf unvereinbar sind. In Kleinstädten kann man nicht das Kinn eines kleinen Mädchens streicheln, ohne als Ungeheuer dazustehen. Hat Françoise … Sie ist genau der Typ Frau, der einem älteren Mann den Kopf verdrehen kann. Nun, sie sitzen also bei Tisch. Samuel und ich im Zug. Und Samuel hat bereits Angst. Es steht fest, dass er Angst hat. Er zittert. Er keucht.‹

Maigret war schweißgebadet. Unten hörte er die Kellnerinnen die Teller abräumen.

›Springt er aus dem fahrenden Zug, *weil er denkt,*

er werde verfolgt, oder weil er denkt, er werde erwartet?‹

Das war die Schlüsselfrage! Maigret spürte es. Er hatte den entscheidenden Punkt gefunden. Leise wiederholte er, als ob ihm jemand darauf antworten sollte:

»*Weil er denkt, er werde verfolgt, oder weil er denkt, er werde erwartet.*«

Aber da war noch das Telefongespräch.

Seine Frau kam so aufgewühlt herein, dass sie Maigrets Anspannung gar nicht bemerkte.

»Man muss sofort einen Arzt kommen lassen, einen richtigen! Das ist unerhört! Es ist ein Verbrechen. Wenn ich daran denke …«

Und sie blickte ihn an, als ob sie in seinem Gesicht beunruhigende Krankheitszeichen suchte.

»Er hat kein Diplom. Er ist kein Arzt! Er ist in keinem Register verzeichnet. Jetzt ist mir klar, warum das Fieber nicht abklingt und die Wunde nicht verheilt.«

»Da haben wir's«, rief Maigret jubelnd. *Er ist gesprungen, weil er wusste, dass er erwartet wurde!*

Das Telefon klingelte. Es war der Hotelbesitzer.

»Monsieur Duhourceau fragt, ob er hinaufkommen kann.«

8

Ein Bücherliebhaber

Von einem Augenblick auf den nächsten veränderte sich Maigrets Gesichtsausdruck, wurde gleichgültig, trübselig und schicksalsergeben wie der eines gelangweilten Kranken.

Vielleicht erhielt dadurch auch das Zimmer ein anderes Aussehen. Es wirkte trostlos mit dem ungemachten Bett, das man verstellt hatte, dem rechteckigen Stück Teppich, das an der Stelle neuer aussah, wo zuvor das Bett gestanden hatte, den Medikamenten auf dem Nachttisch, dem herumliegenden Hut von Madame Maigret.

Zufällig hatte Madame Maigret gerade einen kleinen Spirituskocher angezündet, um Tee zu kochen.

So gesehen wirkte das Ganze ein wenig abstoßend. Ein kurzes, leises Klopfen an der Tür. Madame Maigret kümmerte sich um den Staatsanwalt, der sich verneigte, ihr ganz selbstverständlich Stock und Hut reichte und auf das Bett zuging.

»Guten Abend, Herr Kommissar.«

Er war nicht besonders verlegen. Er erinnerte eher an einen Mann, der wieder zu Kräften gekommen war und eine bestimmte Aufgabe vor sich hatte.

»Guten Abend, Herr Staatsanwalt. Setzen Sie sich doch bitte.«

Zum ersten Mal sah Maigret ein Lächeln auf Monsieur Duhourceaus sonst so mürrischem Gesicht. Ein Hochziehen der Mundwinkel. Auch das war einstudiert!

»Ich habe fast Gewissensbisse Ihretwegen. Erstaunt Sie das? Ja, ich habe mir Vorwürfe gemacht, dass ich ein wenig zu streng zu Ihnen war. Sie ecken mit Ihrer Haltung ja manchmal schon ein wenig an.«

Er hatte sich gesetzt, beide Hände flach auf den Oberschenkeln, den Oberkörper nach vorne gebeugt. Maigret blickte ihn an, aber mit großen, völlig ausdruckslosen Augen.

»Kurz, ich habe mich entschlossen, Sie ins Bild zu setzen.«

Natürlich hörte der Kommissar zu, aber er wäre unfähig gewesen, auch nur einen einzigen Satz seines Gegenübers zu wiederholen. In Wirklichkeit war er damit beschäftigt, seine Züge zu studieren, die körperlichen und die charakterlichen.

Ein sehr heller, fast zu heller Teint, den das graue Haar und der Schnurrbart noch betonten. Monsieur Duhourceau hatte weder eine Leberschwäche noch hohen Blutdruck noch Gicht.

An welcher Krankheit mochte er leiden? Denn man wurde nicht fünfundsechzig, ohne irgendeine Schwäche zu entwickeln.

›Arteriosklerose‹, beantwortete sich Maigret seine Frage.

Er betrachtete die mageren Finger, die Hände mit der weichen Haut, in der die Adern jedoch hart wie Glas hervortraten.

Ein kleiner, nervöser, intelligenter, zu Wutanfällen neigender Mann.

Und wo lag seine Charakterschwäche? Was war sein Laster?

Er hatte eins. Man spürte es. Unter all der Würde des Staatsanwalts verbarg sich etwas Verschwommenes, Ausweichendes, Verstohlenes.

Er sagte:

»In spätestens zwei oder drei Tagen wird die Ermittlung abgeschlossen sein. Denn die Fakten sprechen für sich. Wie Samuel dem Tod entgangen ist und einen anderen an seiner Stelle begraben ließ, darum soll sich die Staatsanwaltschaft in Algier kümmern, falls man diese alte Geschichte wieder aufwärmen will. Meiner Meinung nach wird man es nicht.«

Ab und zu wurde seine Stimme etwas leiser, und zwar, wenn er Maigrets Blick suchte, aber nichts als Leere vorfand. Wahrscheinlich fragte er sich, ob der Kommissar ihm überhaupt zuhörte, ob er diese

Abwesenheit nicht als ironische Überheblichkeit deuten musste.

Er bemühte sich, seine Stimme wieder zu festigen.

»Jedenfalls kommt jener Samuel, der vielleicht schon dort geistig nicht ganz gesund war, nach Frankreich, versteckt sich mal hier, mal da und wird wahnsinnig. So etwas kommt oft vor, wie Doktor Rivaud Ihnen bestätigen kann. Er begeht seine Verbrechen. Im Zug glaubt er, Sie seien ihm auf der Spur. Er schießt auf Sie. Als die Panik zu groß wird, nimmt er sich schließlich das Leben.«

Der Staatsanwalt fügte mit einer allzu lässigen Handbewegung hinzu:

»Dass bei der Leiche kein Revolver gelegen hat, erscheint mir ziemlich unwichtig. Die juristischen Annalen liefern uns Hunderte von Beispielen dieser Art. Ein Landstreicher oder ein Kind kann dort vorbeigekommen sein. Das wird man erst in zehn oder zwanzig Jahren erfahren. Das Entscheidende ist, dass der Schuss aus nächster Nähe abgegeben wurde, wie die Autopsie beweist. So, das wäre in wenigen Worten …«

Maigret fragte sich wieder:

›Was ist sein Laster?‹

Nicht der Alkohol. Nicht das Glücksspiel. Und, seltsam, der Kommissar hätte beinahe geantwortet: nicht die Frauen.

Geiz? Das war schon einleuchtender. Man

konnte sich Monsieur Duhourceau gut vorstellen, wie er hinter verschlossenen Türen seinen Tresor öffnete und Bündel von Geldscheinen und kleine Goldsäcke auf dem Tisch aneinanderreihte.

Alles in allem wirkte er wie ein Einzelgänger. Aber das Glücksspiel war kein Laster, dem man alleine frönte. Ebenso wenig die Liebe. Und der Alkohol meist auch nicht.

»Monsieur Duhourceau, waren Sie schon mal in Algerien?«

»Ich?«

Wenn jemand so mit »Ich« antwortete, hieß das in neun von zehn Fällen, dass er Zeit schinden wollte.

»Warum fragen Sie mich das? Wirke ich wie jemand, der in den Kolonien gelebt hat? Nein, ich bin nie in Algerien gewesen, nicht einmal in Marokko. Meine größte Reise war eine Fahrt zu den Fjorden in Norwegen. Das war 1923.«

»Ja, ich weiß wirklich nicht, warum ich Ihnen diese Frage gestellt habe. Sie können sich nicht vorstellen, wie dieser Blutverlust mich geschwächt hat.«

Wieder ein alter Trick von Maigret: Von einem Thema zum anderen springen und plötzlich von Dingen sprechen, die nichts mit dem Gespräch zu tun haben.

Aus Angst vor einer Falle versuchte der Gesprächspartner, dort eine verborgene Absicht zu erraten, wo es keine gab. Er strengte seinen Kopf an, regte sich auf, wurde müde und verlor schließlich den Faden.

»Das hab ich auch dem Arzt gesagt. Übrigens, wer kocht bei ihnen?«

»Aber ...«

Doch Maigret ließ ihm keine Zeit zu antworten.

»Wenn es eine der beiden Schwestern ist, dann bestimmt nicht Françoise. Man kann sie sich besser hinter dem Steuer eines Luxuswagens als vor einem Eintopf am Herd vorstellen. Wären Sie so freundlich, mir das Glas Wasser zu reichen?«

Auf einen Ellbogen gestützt begann Maigret zu trinken, aber so ungeschickt, dass er das Glas fallen ließ und den Inhalt über Duhourceaus Bein schüttete.

»Entschuldigen Sie. So etwas Dummes! Meine Frau wird es gleich abwischen. Zum Glück macht das keine Flecken.«

Der andere war außer sich. Das Wasser, das durch die Hose gesickert war, lief ihm gewiss die Wade hinunter.

»Machen Sie sich keine Umstände, Madame. Wie Ihr Mann sagt, das gibt keine Flecken. Es ist nicht weiter schlimm.«

Er sagte es mit einer gewissen Ironie.

Nach Maigrets Fragen und dann noch diesem kleinen Zwischenfall war seine aufgesetzte gute

Laune vom Anfang verflogen. Er war aufgestanden. Ihm fiel ein, dass er noch etwas anderes zu sagen hatte.

Aber jetzt spielte er seine Rolle schlecht. Es fiel ihm sichtlich schwer, sich herzlich zu geben.

»Und Sie, Herr Kommissar, was haben Sie vor?«

»Immer noch dasselbe!«

»Das heißt?«

»Natürlich den Mörder verhaften! Und na ja, wenn ich dann noch Zeit habe, werde ich endlich zur Ribaudière fahren, wo ich schon seit zwei Wochen sein sollte.«

Duhourceau war blass vor Zorn und Empörung. Was sollte das? Er hatte sich die Mühe gemacht, Maigret zu besuchen, ihm all das zu berichten, ihm fast den Hof zu machen!

Doch nachdem der ihm ein Glas Wasser übers Bein geschüttet hatte – und der Staatsanwalt war davon überzeugt, dass er es absichtlich getan hatte –, erklärte er ihm nun seelenruhig:

»Ich werde den Mörder verhaften.«

Ihm sagte man das, dem Staatsanwalt, genau in dem Augenblick, in dem er versichert hatte, es gebe keinen Mörder mehr! Wirkte das nicht wie eine Drohung? Sollte er beim Hinausgehen wieder einmal die Tür hinter sich zuschlagen?

Nun, Duhourceau rang sich dennoch ein Lächeln ab.

»Sie sind sehr beharrlich, Kommissar.«

»Ach wissen Sie, wenn man den ganzen Tag herumliegt und nichts zu tun hat. Haben Sie nicht zufällig ein paar Bücher, die Sie mir leihen könnten?«

Wieder so eine Fangfrage. Und Maigret hatte den Eindruck, dass der Blick Duhourceaus unruhiger wurde.

»Ich werde Ihnen welche schicken.«

»Heitere Kost, ja?«

»Es wird Zeit, dass ich gehe.«

»Meine Frau bringt Ihnen Hut und Stock. Essen Sie heute Abend bei sich zu Hause?«

Und er streckte dem Staatsanwalt die Hand hin, der es nicht wagte, sie auszuschlagen. Nachdem sich die Tür geschlossen hatte, verharrte Maigret reglos, den Blick zur Decke gerichtet, und seine Frau begann:

»Denkst du, dass …«

»Arbeitet Rosalie immer noch im Hotel?«

»Ich glaube, ich bin ihr auf der Treppe begegnet.«

»Du solltest sie hierherbringen.«

»Die Leute werden wieder sagen …«

»Das macht nichts.«

Während er wartete, dachte Maigret:

›Duhourceau hat Angst. Von Anfang an! Davor, dass man den Mörder entdeckt und in seinem Privatleben herumschnüffelt. Rivaud hat auch Angst. Madame Rivaud ebenfalls.‹

Es blieb nur noch festzustellen, welche Beziehung diese Leute zu Samuel hatten, dem Exporteur armer Teufel aus Mitteleuropa und dem Spezialisten für gefälschte Papiere.

Der Staatsanwalt war nicht jüdisch. Rivaud vielleicht, aber das war nicht sicher.

Die Tür öffnete sich. Rosalie kam herein, gefolgt von Madame Maigret. Sie wischte sich die kräftigen roten Hände an der Schürze ab.

»Sie wollten mich sprechen?«

»Ja, meine Liebe. Kommen Sie rein. Setzen Sie sich hierher.«

»Wir dürfen uns nicht in die Zimmer der Gäste setzen.«

Der Ton ließ vorausahnen, was nun kommen würde. Dies war nicht mehr die geschwätzige, ungezwungene junge Frau von neulich. Man musste ihr die Leviten gelesen und sie durch Drohungen eingeschüchtert haben.

»Ich wollte Sie um eine einfache Auskunft bitten. Haben Sie je beim Staatsanwalt gearbeitet?«

»Ja, zwei Jahre.«

»Das dachte ich mir doch! Als Köchin? Als Kammerzofe?«

»Als Mann braucht er doch keine Zofe.«

»Natürlich. Dann haben Sie die groben Arbeiten verrichtet. Sie mussten das Parkett bohnern, Staub wischen ...«

»Ja, ich habe den Haushalt gemacht.«

»Gut! Und so sind Sie hinter die kleinen Geheimnisse des Hauses gekommen. Wie lang ist das her?«

»Ich habe die Stelle vor einem Jahr aufgegeben.«

»Mit anderen Worten, Sie waren damals schon genauso hübsch wie heute. Aber ja!«

Maigret lachte nicht. Er verstand sich besonders gut darauf, solche Dinge in einem aufrichtigen, überzeugten Ton zu sagen. Rosalie war übrigens nicht unansehnlich. Sie hatte üppige Rundungen, die wahrscheinlich schon viele neugierige Hände angelockt hatten.

»Sah Ihnen der Staatsanwalt manchmal bei der Arbeit zu?«

»Das hätte noch gefehlt! Ich hätte ihm meine Eimer und Putzlappen um die Ohren gehauen!«

Etwas besänftigte Rosalie ein wenig: Madame Maigret kleine Hausarbeiten verrichten zu sehen. Sie beobachtete sie fast die ganze Zeit und konnte irgendwann nicht umhin zu sagen:

»Ich werde Ihnen eine kleine Bürste bringen. Unten sind welche. Mit dem Besen ist es zu ermüdend.«

»Hat der Staatsanwalt viele Frauen empfangen?«

»Das weiß ich nicht.«

»Aber doch! Antworten Sie mir ehrlich, Rosalie! Sie sind nicht nur eine schöne, sondern auch eine aufrichtige junge Frau. Sie erinnern sich gewiss, dass ich der Einzige gewesen bin, der Sie neulich in Schutz genommen hat, als man angedeutet hat …«

»Das würde doch nichts bringen.«

»Was?«

»Etwas zu sagen. Erstens würde ich damit Albert – das ist mein Verlobter – seine Zukunft verbauen, denn er will in die Verwaltung. Dann würde man mich als Verrückte einsperren. Und das alles, weil ich jede Nacht träume und meine Träume erzähle.«

Sie kam in Fahrt. Man brauchte nur noch ein wenig nachzuhelfen.

»Sie sprachen von einem Skandal.«

»Wenn es nur das wäre!«

»Also, Sie haben gesagt, Monsieur Duhourceau habe keinen Damenbesuch bekommen. Aber er fährt oft nach Bordeaux.«

»Das ist mir egal.«

»Nun, der Skandal …«

»Jeder könnte es Ihnen erzählen, denn alle wissen es. Es ist gut zwei Jahre her. Ein Paket war per Einschreiben bei der Post angekommen, ein kleines Paket aus Paris, aber als der Briefträger es nehmen wollte, hat er gemerkt, dass das Etikett mit der Adresse abgegangen war. Man wusste nicht mehr, für wen es bestimmt war. Der Name des Absenders stand nicht drauf.

In der Hoffnung, jemand würde kommen und

es reklamieren, hat man acht Tage gewartet, bevor man es geöffnet hat. Und wissen Sie, was man darin fand?

Fotos! Aber keine gewöhnlichen. Nur nackte Frauen. Und nicht nur Frauen, Paare.

Man hat dann zwei oder drei Tage herumgerätselt, wer sich in Bergerac solche Sachen schicken lässt. Der Leiter des Postamts hat sogar den Kommissar angerufen.

Nun, irgendwann kam ein ganz ähnliches Paket an, in dasselbe Papier eingewickelt. Das Etikett sah genauso aus wie jenes, das abgegangen war. Die Sendung war an Monsieur Duhourceau adressiert. Jetzt wissen Sie's!«

Maigret war nicht im Geringsten erstaunt. War er vorhin nicht zu dem Schluss gekommen: ein einsames Laster?

Nicht um sein Geld zu zählen, schloss sich der Staatsanwalt abends in seinem düsteren Arbeitszimmer im ersten Stock ein, sondern um Fotos zu betrachten und wahrscheinlich auch schlüpfrige Bücher zu lesen.

»Hören Sie, Rosalie, ich verspreche Ihnen, Sie nicht zu erwähnen. Sie können ruhig zugeben, dass Sie sich in der Bibliothek umgesehen haben, nachdem Ihnen zu Ohren kam, was Sie mir gerade erzählt haben!«

»Wer hat Ihnen das gesagt? Erstens waren die Bücherschränke im hinteren Teil, die mit dem Gitter, immer verschlossen. Nur einmal habe ich an einem einen Schlüssel gefunden.«

»Und was haben Sie gesehen?«

»Das wissen Sie genau! Ich habe davon nächtelang Albträume gehabt. Albert durfte sich mir über einen Monat nicht nähern.«

Hm, ihre Beziehungen zu dem blonden Verlobten wurden klarer.

»Sehr dicke Bücher, nicht wahr? Auf schönem Papier mit Kupferstichen.«

»Ja, unter anderem. Dinge, die man sich gar nicht vorstellen kann.«

War das Monsieur Duhourceaus ganzes Geheimnis? Dann war er zu bemitleiden. Ein armer Junggeselle, der isoliert in Bergerac lebte, wo man eine Frau nicht anlächeln konnte, ohne einen Skandal auszulösen.

Er tröstete sich damit, ein Bücherliebhaber der besonderen Art zu sein, edle Kupferstiche, erotische Fotos und Bücher zu sammeln, die in den Katalogen beschönigend als »Werke für Kenner« angeboten wurden.

Und er hatte Angst ...

Aber diese Leidenschaft hatte kaum etwas mit der Ermordung der beiden Frauen zu tun, schon gar nicht mit Samuel.

Es sei denn, Samuel lieferte ihm die Fotos? Ja?

Nein? Maigret zögerte. Rosalie trat von einem Bein aufs andere, die Wangen dunkelrot und selbst verwundert darüber, dass sie so viel gesagt hatte.

»Wenn Ihre Frau nicht hier wäre, hätte ich mich nie getraut …«

»Kam Doktor Rivaud oft zu Monsieur Duhourceau?«

»Fast nie. Er rief an.«

»Niemand aus seiner Familie?«

»Nur Mademoiselle Françoise, die als Sekretärin für ihn gearbeitet hat.«

»Für den Staatsanwalt?«

»Ja, sie hatte sogar eine kleine Schreibmaschine in einem Koffer mitgebracht.«

»Hat sie sich mit Gerichtsakten befasst?«

»Das weiß ich nicht, aber sie hat eigenständig im kleinen Büro gearbeitet, das durch einen Vorhang von der Bibliothek getrennt ist. Ein dicker Vorhang aus grünem Samt.«

»Und?«, fragte Maigret.

»Das habe ich nicht gesagt! Ich habe nichts gesehen.«

»Ging das über längere Zeit?«

»Sechs Monate. Dann ist Mademoiselle zu ihrer Mutter nach Paris oder Bordeaux gefahren. Ich weiß nicht genau, wohin.«

»Kurz, Monsieur Duhourceau hat Ihnen nie den Hof gemacht?«

»Er wäre schön abgeblitzt!«

»Und Sie wissen nichts. Ich danke Ihnen. Ich verspreche Ihnen, Sie können ganz unbesorgt sein. Ihr Verlobter wird nicht erfahren, dass Sie heute Abend hier gewesen sind.«

Als sie gegangen war, schloss Madame Maigret die Tür hinter ihr und seufzte:

»Wie schrecklich! Kluge Männer, die eine solche Stellung einnehmen ...«

Madame Maigret wunderte sich immer noch, wenn sie etwas Unschönes entdeckte. Sie zog nicht einmal die Möglichkeit in Betracht, dass es niederere Instinkte als die einer braven Ehefrau gab, die nur den Kummer hatte, kinderlos geblieben zu sein.

»Meinst du nicht, dass das Mädchen übertreibt? Wenn du meine Meinung hören willst, will sie sich interessant machen. Sie würde Gott weiß was erzählen, damit man ihr zuhört. Mittlerweile würde ich wetten, dass sie nie überfallen wurde.«

»Ich auch!«

»Es ist wie mit der Schwägerin des Arztes. Sie ist nicht stark. Man könnte sie mit einer Hand umwerfen. Und da soll es ihr gelungen sein, sich von dem Mann zu befreien?«

»Du hast recht.«

»Ich setz noch einen drauf! Ich denke, wenn das so weitergeht, wird man in acht Tagen zwischen Wahrheit und Lüge nicht mehr unterscheiden können. Solche Fälle regen die Phantasie der Leute an. Sie denken sich abends beim Einschlafen Geschichten aus, die sie am nächsten Morgen erzählen, als hätten sie sie erlebt. Monsieur Duhourceau ist jetzt schon ein Ungeheuer. Morgen wird man dir sagen, der Polizeikommissar betrüge seine Frau und … Aber du! Was wird man wohl über dich sagen? Denn es gibt keinen Grund, warum man nicht über dich sprechen sollte. Irgendwann muss ich ihnen noch unser Familienstammbuch zeigen, damit man mich nicht für deine Geliebte hält.«

Maigret blickte sie gerührt an und lachte. Sie regte sich auf. All diese Komplikationen erschreckten sie.

»Es ist wie mit diesem Arzt, der kein Arzt ist.«

»Wer weiß?«

»Wieso, wer weiß? Ich habe doch mit allen Universitäten und medizinischen Akademien telefoniert und …«

»Kannst du mir meinen Tee geben?«

»Der wird dir wenigstens nicht schaden, denn den hat er nicht verschrieben.«

Während er trank, hielt er die Hand seiner Frau. Es war heiß. Ein Dampfstrahl entwich aus dem Heizkörper mit einem gleichmäßigen Zischen, wie das Schnurren eines Katers.

Unten war das Abendessen beendet. Man begann Karten oder Billard zu spielen.

»Ein guter Tee ist immer noch ...«

»Ja, meine Liebe, ein guter Tee ...«

Er küsste ihre Hand mit einer Zärtlichkeit, die er hinter einer ironischen Miene verbarg.

»Du wirst schon sehen! Wenn alles gut geht, sind wir in zwei bis drei Tagen wieder zu Hause.«

»Und dann beginnst du mit der nächsten Ermittlung!«

9

*Die Entführung
der Sängerin*

Maigret amüsierte sich über die verlegene Miene von Leduc, der murmelte:

»Was soll das heißen, mir eine heikle Mission auftragen?«

»Eine Mission sozusagen, die nur du ausführen kannst. Komm schon! Mach nicht so ein Gesicht! Du sollst weder beim Staatsanwalt einbrechen noch an irgendwelchen Fassaden hochklettern, um in die Villa der Rivauds einzusteigen.«

Maigret zog eine Zeitung aus Bordeaux zu sich heran und deutete auf eine kleine Annonce.

Eine Madame Beausoleil, die früher in Algier wohnhaft war, wird wegen einer Erbschaft gesucht. Sie möge sich bei Notar Maigret im Hôtel d'Angleterre in Bergerac melden. Dringend.

Leduc lachte nicht. Er blickte seinen Kollegen unangenehm berührt an.

»Soll ich den falschen Notar spielen?«

Und er sagte das mit so wenig Begeisterung, dass Madame Maigret, die hinten im Zimmer war, ein Lachen nicht unterdrücken konnte.

»Aber nein! Die Anzeige ist in einem Dutzend Zeitungen in der Region Bordeaux und in den größten Pariser Zeitungen erschienen.«

»Warum Bordeaux?«

»Mach dir darüber keine Gedanken. Wie viele Züge halten täglich in Bergerac?«

»Drei oder vier.«

»Es ist weder zu heiß noch zu kalt. Es regnet nicht. Gibt es ein Bistro am Bahnhof? Ja. Die Mission ist also wie folgt: Du sollst bei der Ankunft jedes Zugs auf dem Bahnsteig sein, bis du Madame Beausoleil siehst.«

»Aber ich kenne sie doch gar nicht!«

»Ich auch nicht. Ich weiß nicht einmal, ob sie dick oder dünn ist. Sie muss zwischen vierzig und sechzig sein. Ich stelle sie mir eher rundlich vor.«

»Aber in der Annonce heißt es doch, sie solle sich hier einfinden. Ich verstehe nicht, warum ich …«

»Sehr scharfsinnig! Aber vermutlich wird am Bahnhof noch eine dritte Person sein, die die Dame daran hindern will herzukommen. Verstehst du die Mission? Du sollst sie trotzdem herbringen. Auf sanfte Art.«

Maigret hatte den Bahnhof von Bergerac nie gesehen, aber vor ihm lag eine Ansichtskarte. Man sah darauf den sonnenbeschienenen Bahnsteig, das kleine Büro des Bahnhofsvorstehers und den Gepäckschuppen.

Es war zu köstlich, sich den armen Leduc mit seinem Strohhut vorzustellen, wie er auf dem Bahnsteig auf und ab ging, während er auf jeden Zug wartete, die Reisenden musterte, allen älteren Damen folgte und sie gegebenenfalls fragte, ob sie Beausoleil hießen.

»Kann ich auf dich zählen?«

»Wenn es sein muss!«

Er ging mit verdrießlicher Miene hinaus. Man sah, wie er unten versuchte, seinen Wagen anzulassen, und als es ihm nicht gelang, lange die Kurbel drehte.

Ein wenig später trat Doktor Rivauds Assistent ein, der diesen jetzt bei Maigret vertrat. Er verneigte sich tief vor Madame Maigret und dann vor dem Kommissar.

Er war ein rothaariger, schüchterner, hagerer junger Mann, der gegen alle Möbel stieß und sich immer wieder entschuldigte.

»Pardon, Madame, können Sie mir sagen, wo heißes Wasser ist?«

Und als er fast den Nachttisch umstieß:

»Verzeihung, ach, Verzeihung!«

Während er Maigret untersuchte, fragte er besorgt:

»Tue ich Ihnen nicht weh? Verzeihung. Könnten Sie sich vielleicht ein wenig aufrichten? Verzeihung.«

Maigret lächelte beim Gedanken an Leduc, der jetzt seinen alten Ford vor dem Bahnhof parkte.

»Hat Doktor Rivaud viel Arbeit?«

»Ja, er ist sehr beschäftigt. Das ist er immer.«

»Er ist ein sehr tüchtiger Mann, nicht wahr?«

»Ja, ich würde sagen, er ist außergewöhnlich … Verzeihung! Wenn man bedenkt, dass er schon morgens um sieben mit der kostenfreien Behandlung beginnt. Dann ist er in seiner Klinik, dann im Krankenhaus. Im Gegensatz zu so vielen anderen verlässt er sich nicht auf seine Assistenten und will sich von allem selbst ein Bild machen.«

»Ist Ihnen noch nie der Gedanke gekommen, dass er vielleicht gar kein Arzt ist?«

Dem anderen wäre fast die Luft weggeblieben, aber dann entschloss er sich zu lachen.

»Sie scherzen! Doktor Rivaud ist nicht irgendein Arzt, sondern ein sehr bedeutender. Wenn er in Paris leben wollte, hätte er in kurzer Zeit einen einzigartigen Ruf.«

Der Assistent meinte das aufrichtig. Man spürte bei dem jungen Mann eine echte Begeisterung, frei von Hintergedanken.

»Wissen Sie, an welcher Universität er studiert hat?«

»In Montpellier, glaube ich. Ja, ich weiß es bestimmt. Er hat mir von seinen Professoren dort berichtet. Dann ist er in Paris Assistent von Doktor Martel gewesen.«

»Sind Sie sicher?«

»In seinem Labor habe ich ein Foto gesehen, auf dem Doktor Martel im Kreis all seiner Schüler zu sehen ist.«

»Seltsam.«

»Verzeihung, ist Ihnen wirklich der Gedanke gekommen, Doktor Rivaud sei kein Arzt?«

»Nicht direkt ...«

»Ich sage es Ihnen noch einmal, und Sie können es mir glauben: Er ist ein Meister seines Fachs! Ich mache ihm nur den einen Vorwurf, dass er zu viel arbeitet, denn wenn das so weitergeht, ist er bald am Ende. Ich habe ihn oft in einem nervösen Zustand erlebt, der ...«

»In letzter Zeit?«

»Ja, auch. Wie Sie wissen, durfte ich ihn trotzdem erst bei Ihnen vertreten, als die Wunde richtig verheilt war. Und es ist kein sehr ernster Fall. Ein anderer hätte Sie schon am ersten Tag seinem Assistenten überlassen.«

»Mögen ihn seine Mitarbeiter?«

»Alle bewundern ihn.«

»Ich habe gefragt, ob sie ihn mögen.«

»Ja, ich denke schon. Es gibt keinen Grund ...«

Aber aus seinem Ton sprach ein gewisser Vorbehalt. Offensichtlich machte der Assistent einen Unterschied zwischen Bewunderung und Zuneigung.

»Gehen Sie ihn oft besuchen?«

»Nie, ich sehe ihn jeden Tag im Krankenhaus.«

»Also kennen Sie seine Familie nicht.«

Während dieser ganzen Unterhaltung führte er die üblichen Behandlungen und Handgriffe aus, die Maigret jetzt einen nach dem anderen vorhersagen konnte. Die Jalousie war heruntergelassen und schirmte das Sonnenlicht ab. Nur die Geräusche vom Platz drangen herauf.

»Er hat eine sehr hübsche Schwägerin.«

Der junge Mann antwortete nicht, sondern tat, als hätte er nichts gehört.

»Er fährt ziemlich oft nach Bordeaux, nicht wahr?«

»Man ruft ihn manchmal dorthin. Wenn er es wollte, könnte er überall operieren, in Paris, in Nizza und sogar im Ausland.«

»Obwohl er so jung ist!«

»Für einen Chirurgen ist das ein Vorteil. Ältere Chirurgen sind in der Regel nicht sonderlich beliebt.«

Die Behandlung war beendet. Der Assistent wusch sich die Hände, sah sich nach einem Handtuch um und stammelte, als Madame Maigret ihm eins reichte:

»Ach, Verzeihung.«

Wieder neue Züge, die Maigret Doktor Rivauds Charakter hinzufügen konnte. Seine Kollegen sahen in ihm einen Meister. Er hatte eine ungeheure Energie.

Ehrgeizig? Wahrscheinlich. Und dennoch ließ er sich nicht in Paris nieder, wo er eigentlich hingehörte.

»Wirst du aus alldem schlau?«, fragte Madame Maigret, als sie wieder allein waren.

»Ich? Kannst du die Jalousie hochziehen? Er ist offenbar Arzt. Sonst könnte er seine Umgebung nicht so lange täuschen, zumal er nicht in der Abgeschiedenheit eines Sprechzimmers, sondern in einem Krankenhaus arbeitet.«

»Dennoch, die Universitäten …«

»Alles zu seiner Zeit. Im Augenblick warte ich auf Leduc, dem seine Begleitung wahrscheinlich höchst unangenehm ist. Hast du nicht einen Zug gehört? Wenn es der aus Bordeaux ist, kann es sein, dass …«

»Was erhoffst du dir?«

»Du wirst schon sehen. Gib mir die Streichhölzer.«

Es ging ihm besser. Seine Temperatur war auf 37,5 gefallen. Die Steifheit in seinem rechten Arm war fast völlig verschwunden. Ein noch besseres Zeichen war, dass er in seinem Bett nicht mehr still liegen konnte. Er vertrieb sich die Zeit damit, die Stellung zu wechseln, die Kissen hochzuziehen, sich aufzurichten und sich auszustrecken.

»Du könntest ein paar Leute anrufen.«

»Wen?«

»Ich möchte den Aufenthaltsort aller Personen erfahren, die mich interessieren. Ruf zuerst den Staatsanwalt an. Wenn du seine Stimme am anderen Ende der Leitung hörst, leg wieder auf.«

Sie tat es. Währenddessen betrachtete Maigret den Platz und rauchte seine Pfeife in kleinen Zügen.

»Er ist zu Hause!«

»Jetzt ruf das Krankenhaus an. Frag nach dem Doktor.«

Auch er war da.

»Dann brauchst du nur noch in seiner Villa anzurufen. Wenn seine Frau abnimmt, frag nach Françoise. Wenn Françoise antwortet, verlange Madame Rivaud.«

Madame Rivaud meldete sich. Sie sagte, ihre Schwester sei nicht da, und fragte, ob sie ihr etwas ausrichten könne.

»Leg auf!«

All diese Menschen würden jetzt beunruhigt sein und den ganzen Vormittag darüber rätseln, wer sie angerufen hatte.

Fünf Minuten später kam der Hotelbus mit drei Reisenden vom Bahnhof. Der Page brachte ihr

Gepäck auf die Zimmer. Dann sah man den Briefträger auf seinem Fahrrad, der den Postsack zum Postamt brachte.

Endlich das typische Brummen des alten Ford. Gleich darauf der Wagen selbst, der vor dem Hotel hielt. Maigret bemerkte, dass jemand neben Leduc saß, und meinte, eine dritte Person auf dem Rücksitz zu erkennen.

Er täuschte sich nicht. Der arme Leduc stieg als Erster aus, blickte beklommen um sich wie jemand, der fürchtet, sich lächerlich zu machen, und half einer beleibten Dame heraus, die ihm fast in die Arme fiel.

Eine junge Frau war schon vorher herausgesprungen. Als Erstes warf sie einen bösen Blick zu Maigrets Fenster hinauf.

Es war Françoise in einem eleganten hellgrünen Kostüm.

»Kann ich bleiben?«, fragte Madame Maigret.

»Warum nicht? Mach die Tür auf. Sie kommen.«

Lärm auf der Treppe. Man hörte den schweren Atem der fülligen Dame, die schweißgebadet eintrat.

»Das ist also der Notar, der keiner ist!«

Eine ordinäre Stimme, und damit nicht genug! Vielleicht war die Dame nicht älter als fünfundvierzig? Jedenfalls legte sie noch Wert auf ihre Erscheinung, denn sie war geschminkt wie eine Theater-schauspielerin. Eine rundliche Blondine mit schlaf-fer Haut und leicht herunterhängenden Lippen.

Wenn man sie ansah, hatte man das Gefühl, sie von irgendwoher zu kennen, und plötzlich wusste man, warum: Sie entsprach genau dem selten gewordenen Typ Sängerin, der einst in den *café-concerts* aufgetreten war. Ein herzförmiger Mund, eine eng geschnürte Taille, ein aufreizender Blick und diese weitgehend entblößten milchig-weißen Schultern. Die besondere Art, sich tänzelnd zu bewegen, den Gesprächspartner anzublicken, wie man von der Bühne aus das Publikum ansieht.

»Madame Beausoleil?«, fragte Maigret sehr galant. »Nehmen Sie doch bitte Platz. Sie auch, Mademoi-selle.«

Aber Françoise setzte sich nicht. Sie war außer sich.

»Ich warne Sie«, sagte sie, »ich werde Sie verkla-gen. So etwas habe ich noch nie erlebt.«

Leduc blieb so betreten neben der Tür stehen, dass man merkte, es war nicht alles glattgegangen.

»Beruhigen Sie sich, Mademoiselle. Und ent-schuldigen Sie, dass ich Ihre Mutter sehen wollte.«

»Wer hat Ihnen gesagt, dass sie meine Mutter ist?«

Madame Beausoleil verstand nicht. Sie blickte nacheinander den ruhigen Maigret und die wutent-brannte Françoise an.

»Ich habe es lediglich vermutet, da Sie sie vom Bahnhof abgeholt haben.«

»Mademoiselle wollte ihre Mutter daran hindern herzukommen«, seufzte Leduc, der auf den Teppich starrte.

»Und was hast du da getan?«

Es war Françoise, die antwortete:

»Er hat uns gedroht. Er hat von einem Haftbefehl gesprochen, als ob wir Diebinnen wären. Er soll ihn doch zeigen, den Haftbefehl, sonst ...«

Sie griff zum Telefonhörer. Leduc hatte offenbar seine Befugnisse ein wenig überschritten. Er war nicht stolz darauf.

»Ich dachte, die beiden würden mir in der Bahnhofshalle eine Szene machen.«

»Einen Moment, Mademoiselle. Wen wollen Sie anrufen?«

»Aber ... Den Staatsanwalt ...«

»Setzen Sie sich! Wissen Sie, ich will Sie nicht daran hindern, ihn anzurufen. Im Gegenteil. Aber vielleicht ist es im Interesse aller das Beste, wenn Sie damit noch ein wenig warten.«

»*Maman*, ich verbiete dir zu antworten.«

»Ich verstehe überhaupt nichts mehr. Sind Sie nun Notar oder Polizeikommissar?«

»Kommissar.«

Sie machte eine Bewegung, als ob sie sagen wollte:

»Na, wenn das so ist ...«

Man merkte ihr an, dass sie schon mit der Polizei zu tun gehabt und darum Angst oder zumindest einen Höllenrespekt vor dieser Institution hatte.

»Ich verstehe trotzdem nicht, warum ich …«

»Sie haben nichts zu befürchten, Madame. Sie werden es gleich verstehen. Ich habe nur ein paar Fragen an Sie und …«

»Es gibt kein Erbe?«

»Ich weiß es noch nicht.«

»Das ist eine Frechheit«, beschwerte sich Françoise. »*Maman*, antworte nicht!«

Sie konnte nicht still halten, zerfetzte mit den Fingerspitzen ihr Taschentuch und warf Leduc ab und zu einen gehässigen Blick zu.

»Ich nehme an, dass Sie von Beruf Opernsängerin sind.«

Er wusste, von dieser Bezeichnung würde sich seine Gesprächspartnerin geschmeichelt fühlen.

»Ja, Monsieur. Ich habe im Olympia gesungen in der Zeit, als …«

»Ich glaube, ich kann mich sogar an Ihren Namen erinnern. Beausoleil … Yvonne, nicht wahr?«

»Joséphine Beausoleil! Aber die Ärzte haben mir einen Aufenthalt in wärmeren Ländern empfohlen, daher bin ich durch Italien, die Türkei, Syrien und Ägypten getourt.«

In der Zeit der Café-Sängerinnen. Er sah sie deutlich vor sich, auf den kleinen Bühnen dieser Lokale, die damals in Paris Mode gewesen waren und in denen die Dandys und Offiziere der Stadt verkehrten. Dann stieg sie in den Saal hinunter, ging mit einem Tablett in der Hand von Tisch zu Tisch und trank schließlich mit dem einen oder anderen Champagner.

»Sie sind dann in Algerien gelandet?«

»Ja, in Kairo habe ich meine erste Tochter bekommen.«

Françoise stand kurz vor einem Nervenzusammenbruch und hätte sich gerne auf Maigret gestürzt.

»Vater unbekannt?«

»Aber nein, ich kannte ihn sehr gut! Ein englischer Offizier, der bei der …«

»In Algerien haben Sie Ihre zweite Tochter bekommen, Françoise.«

»Ja, das war das Ende meiner Theaterlaufbahn. Ich bin dann nämlich ziemlich lange krank gewesen. Als ich wieder gesund war, hatte ich meine Stimme verloren.«

»Und?«

»Françoises Vater hat sich um mich gekümmert, bis zu dem Tag, als er nach Frankreich gerufen wurde. Denn er arbeitete bei der Zollverwaltung.«

Alle Vermutungen Maigrets bestätigten sich. Jetzt konnte er das Leben der Mutter und der beiden Töchter in Algier rekonstruieren: Joséphine

Beausoleil, die immer noch verführerisch war, hatte bedeutende Freunde. Die Töchter wuchsen heran …

Würden sie nicht ganz selbstverständlich den gleichen Weg einschlagen wie ihre Mutter? Die ältere war sechzehn.

»Sie sollten Tänzerinnen werden. Denn Tanzen ist nicht so undankbar wie der Gesang. Vor allem im Ausland! Germaine hatte mit Unterricht bei einem ehemaligen Kollegen begonnen, der nach Algier gezogen war.«

»Dann ist sie krank geworden.«

»Hat sie Ihnen das gesagt? Ja, sie war nie sehr robust. Vielleicht weil sie als kleines Kind zu viel gereist ist, denn ich wollte sie nie in Pflege geben. Ich hab eine Art Wiege zwischen den Gepäcknetzen des Abteils befestigt.«

Alles in allem eine tapfere Frau. Sie war jetzt ganz ungezwungen und schien die Wut ihrer Tochter nicht zu verstehen. Sprach Maigret nicht höflich und zuvorkommend mit ihr? Und er benutzte eine ganz einfache Sprache, die sie verstand.

Sie war Künstlerin. Sie war gereist. Sie hatte Liebhaber und dann Kinder gehabt. War das nicht der Lauf der Dinge?

»War es die Lunge?«

»Nein, der Kopf. Sie klagte immer über Schmerzen. Irgendwann hat sie dann eine Hirnhautentzündung bekommen und musste sofort ins Krankenhaus.«

Der Moment des Innehaltens. Bis jetzt war alles wie von selbst gegangen, aber nun erreichte Joséphine Beausoleil den kritischen Punkt. Sie wusste nicht mehr, was sie sagen durfte, und suchte Françoises Blick.

»Der Kommissar hat nicht das Recht, dich zu verhören, *Maman*. Antworte nicht mehr!«

Das war leicht gesagt. Aber sie wusste, dass es gefährlich war, sich mit der Polizei anzulegen. Sie hätte gern alle zufriedengestellt.

Leduc, der sich wieder gefasst hatte, zwinkerte Maigret zu, was bedeuten sollte: »Läuft doch gut!«

»Hören Sie, Madame, Sie können sprechen oder schweigen. Das ist Ihr gutes Recht. Das bedeutet aber nicht, dass man Sie nicht anderswo zur Aussage zwingen wird. Zum Beispiel vor Gericht.«

»Aber ich habe doch gar nichts getan.«

»Eben! Darum wäre es meiner Meinung nach am klügsten, wenn Sie reden. Und was Sie betrifft, Mademoiselle Françoise ...«

Sie hörte nicht hin. Sie hatte den Telefonhörer abgenommen und sprach mit beklommener Stimme. Dabei blickte sie Leduc verstohlen an, als ob sie fürchtete, er würde ihr den Hörer aus der Hand reißen.

»Hallo ... Ist er im Krankenhaus? ... Egal, Sie

müssen ihn sofort rufen. Oder sagen Sie ihm besser, er soll sofort zum Hôtel d'Angleterre kommen … Ja! Er wird schon verstehen. … Von Françoise.«

Sie hörte noch einen Moment zu, legte auf und blickte Maigret kalt und herausfordernd an.

»Er kommt. Sag nichts, *Maman*.«

Sie zitterte. Schweißperlen rannen ihr über die Stirn, sodass ihre kastanienbraunen Härchen ihr an den Schläfen klebten.

»Wissen Sie, Herr Kommissar …«

»Mademoiselle Françoise, ich habe Sie nicht daran gehindert zu telefonieren. Im Gegenteil! Ich verhöre auch Ihre Mutter nicht weiter. Darf ich Ihnen jetzt einen Rat geben? Rufen Sie auch Monsieur Duhourceau an. Er ist zu Hause.«

Sie versuchte, seine Gedanken zu erraten. Sie zögerte. Schließlich nahm sie mit einer nervösen Bewegung den Hörer ab.

»Hallo … 167 bitte.«

»Komm mal her, Leduc.«

Und Maigret flüsterte ihm ein paar Worte ins Ohr. Leduc wirkte überrascht und verlegen.

»Denkst du, dass …«

Er entschloss sich zu gehen. Kurz darauf sah man ihn die Kurbel seines Wagens drehen.

»Hier ist Françoise … Ja … Ich rufe Sie aus dem Zimmer des Kommissars an. Meine Mutter ist da ... Ja! Der Kommissar bittet Sie zu kommen ... Nein ... Nein ... Nein, das schwöre ich.«

Und diese vielen Neins sagte sie nachdrücklich und angstvoll.

»Nein, wenn ich es Ihnen doch sage!«

Sie blieb ganz steif neben dem Tisch stehen.

Maigret zündete seine Pfeife an und betrachtete sie lächelnd, während sich Joséphine Beausoleil puderte.

10

Der Zettel

Das Schweigen dauerte schon einige Minuten, als Maigret sah, wie Françoise stirnrunzelnd auf den Platz blickte und dann plötzlich beunruhigt den Kopf abwandte.

Es war Madame Rivaud, die den Platz überquerte und auf das Hotel zuging. War es eine optische Täuschung? Oder ließ die Tatsache, dass etwas Ernstes vor sich ging, alles in einem düsteren Licht erscheinen? Aus der Ferne erinnerte sie jedenfalls an eine Dramengestalt, angetrieben von einer unsichtbaren Macht, der sie nicht zu widerstehen versuchte.

Bald konnte man ihr Gesicht erkennen. Es war blass. Das Haar war zerzaust. Der Mantel war nicht zugeknöpft.

»Ach, da kommt ja Germaine«, sagte schließlich Madame Beausoleil. »Man hat ihr wohl gesagt, dass ich hier bin.«

Madame Maigret ging mechanisch zur Tür, um sie zu öffnen. Als man Madame Rivaud aus nächster Nähe sah, merkte man, dass sie wirklich tragische Stunden durchlebte.

Dennoch bemühte sie sich, ruhig zu sein und zu lächeln. Aber ihr Blick war verstört. Hin und wieder lief ein plötzliches Zucken über ihr Gesicht, das sie nicht unterdrücken konnte.

»Entschuldigen Sie, Herr Kommissar. Man hat mir gesagt, meine Mutter und meine Schwester seien hier und …«

»Wer hat Ihnen das gesagt?«

»Wer …?«, wiederholte sie zitternd.

Was für ein Unterschied zwischen ihr und Françoise! Madame Rivaud war das Opfer, die Frau, der man ihre bescheidene Herkunft immer noch ansah und die man wahrscheinlich überaus rücksichtslos behandelte. Selbst ihre Mutter betrachtete sie mit einer gewissen Strenge.

»Wieso weißt du nicht, wer es war?«

»Es war auf der Straße …«

»Hast du deinen Mann nicht gesehen?«

»O nein! Nein! Nein, ich schwöre …«

Beunruhigt blickte Maigret die drei Frauen nacheinander an und sah dann auf den Platz hinaus, auf dem Leduc immer noch nicht zu sehen war. Was bedeutete das? Der Kommissar hatte sicherstellen wollen, dass sich der Chirurg zu seiner Verfügung hielt. Er hatte Leduc damit beauftragt, ihn zu überwachen und ihn möglichst bis zum Hotel zu begleiten.

Er achtete nicht auf seine Frau, sondern betrachtete die staubigen Schuhe Madame Rivauds, die sicherlich den ganzen Weg gelaufen war, dann das müde Gesicht von Françoise. Plötzlich beugte sich Madame Maigret zu ihm hinunter und flüsterte:

»Gib mir deine Pfeife ...«

Er wollte protestieren, aber da merkte er, dass sie einen kleinen Zettel auf die Decke fallen ließ. Er las:

Madame Rivaud hat soeben ihrer Schwester einen Zettel zugesteckt, den sie in der Hand versteckt.

Draußen die Sonne. Alle Geräusche der Stadt, deren Zusammenspiel Maigret auswendig kannte. Madame Beausoleil, die aufrecht auf ihrem Stuhl saß und wartete, ganz die Frau, die Haltung zu bewahren wusste. Madame Rivaud dagegen, die dazu unfähig war und an eine ausgebuffte Schülerin erinnerte, die man gerade bei einem Streich erwischt hatte.

»Mademoiselle Françoise ...«, begann Maigret.

Sie zitterte am ganzen Körper. Eine Sekunde lang sah sie Maigret direkt an. Der harte, intelligente Blick von jemandem, der nicht so leicht den Kopf verliert.

»Würden Sie einen Augenblick an mein Bett kommen und ...«

Die liebe Madame Maigret! Ahnte sie, was geschehen würde? Sie machte eine Bewegung zur Tür hin, aber Françoise war schon aufgesprungen. Sie lief durch den Flur und rannte die Treppe hinunter.

»Was tut sie?«, fragte Joséphine Beausoleil erschrocken.

Maigret rührte sich nicht, konnte sich nicht rühren. Er konnte auch nicht seine Frau hinter der Geflohenen herschicken.

»Wann hat Ihr Mann Ihnen den Zettel gegeben?«, fragte er lediglich Madame Rivaud.

»Was für einen Zettel?«

Wozu ein ermüdendes Verhör beginnen? Maigret rief seiner Frau zu:

»Geh doch mal an ein Fenster an der Rückseite des Hotels.«

In diesem Augenblick erschien der Staatsanwalt. Er wirkte angespannt. Wohl aus Angst hatte er eine strenge, fast drohende Miene aufgesetzt.

»Man hat mich angerufen, um mir zu sagen …«

»Setzen Sie sich, Monsieur Duhourceau.«

»Aber … Die Person, die mich angerufen hat …«

»Françoise ist gerade weggelaufen. Es ist möglich, dass man sie noch einholt, vielleicht aber auch nicht. Bitte, nehmen Sie doch Platz. Sie kennen Madame Beausoleil, nicht wahr?«

»Ich? Aber keineswegs.«

Er versuchte, Maigrets Blick zu folgen. Denn man spürte, dass der Kommissar redete, um etwas zu sagen, mit seinen Gedanken jedoch woanders war oder vielmehr ein Schauspiel zu beobachten schien, das nur er sehen konnte. Er blickte auf den Platz, spitzte die Ohren und starrte Madame Rivaud an.

Plötzlich brach ein ohrenbetäubender Lärm im Hotel los. Leute liefen die Treppen hinauf. Türen schlugen zu. Man glaubte sogar einen Schuss zu hören.

»Was … Was war das?«

Schreie. Schepperndes Geschirr. Dann wieder der Lärm einer Verfolgungsjagd im oberen Stock. Eine Fensterscheibe zerbrach klirrend, Scherben fielen auf den Gehweg.

Madame Maigret kam hastig ins Zimmer zurück und schloss die Tür ab.

»Ich denke, Leduc hat sie«, sagte sie keuchend.

»Leduc?«, fragte der Staatsanwalt misstrauisch.

»Der Wagen des Arztes stand in der Seitenstraße hinter dem Hotel. Der Arzt wartete dort auf jemanden. Als Françoise gerade die Tür erreicht hatte und ins Auto steigen wollte, kam Leduc in seinem alten Ford angefahren. Ich hätte ihm fast zugerufen, er solle sich beeilen. Ich sah, dass er sitzen blieb. Aber er hatte etwas Bestimmtes im Sinn und hat in aller Ruhe mit seinem Revolver einen Reifen zerschossen.

Die beiden anderen wussten nicht mehr, wohin

sie fliehen sollten. Der Arzt blickte sich hektisch in alle Richtungen um. Als er Leduc aus seinem Wagen steigen sah, den Revolver immer noch in der Hand, hat er die junge Frau an der Hand genommen und ist mit ihr ins Hotel gelaufen.

Leduc hat die beiden durch den Flur verfolgt. Sie sind oben.«

»Ich verstehe immer noch nicht«, sagte der Staatsanwalt, dessen Gesicht aschfahl war.

»Was vorgefallen ist? Das ist ganz einfach. Mit einer kleinen Annonce habe ich Madame Beausoleil hergelockt. Der Arzt will nicht, dass dieses Treffen stattfindet, und schickt Françoise zum Bahnhof, damit sie ihre Mutter daran hindert herzukommen.

Ich hatte das vorhergesehen und Leduc auf dem Bahnsteig postiert. Statt mit einer, ist er mit beiden zurückgekehrt.

Sie werden gleich sehen, wie sich alles zusammenfügt. Françoise, die spürt, dass sich die Dinge zum Schlechten wenden, ruft ihren Schwager an, um ihn herzubitten.

Ich schicke Leduc los, um Rivaud zu überwachen, aber Leduc kommt zu spät am Krankenhaus an. Der Arzt ist schon fort. Er ist zu Hause, schreibt einen Zettel für Françoise und zwingt seine Frau, herzukommen und ihn ihr unauffällig zuzustecken.

Verstehen Sie? Er steht mit seinem Wagen in der kleinen Straße hinter dem Hotel. Er wartet auf Françoise, um mit ihr zu fliehen.

Eine halbe Minute eher, und der Plan wäre aufgegangen. Aber da kommt Leduc in seinem Ford angefahren, ahnt, dass etwas nicht mit rechten Dingen zugeht, zerschießt den Reifen und …«

Während er sprach, wurde der Lärm im Hotel für einige Sekunden noch intensiver. Es kam von oben. Aber was …

Und dann plötzlich eine Totenstille, in der alle in angespannter Erwartung verharrten.

Leducs Stimme, die im oberen Stock Befehle erteilte, aber man verstand nicht, was er sagte.

Ein dumpfer Stoß. Ein zweiter. Ein dritter. Schließlich das Krachen einer Tür, die aufgebrochen wurde.

Man horchte auf neue Geräusche. Dieses Warten war qualvoll. Warum rührten sie sich da oben nicht mehr? Warum diese leisen, ruhigen Schritte eines einzigen Menschen auf dem Fußboden?

Madame Rivaud riss die Augen weit auf. Der Staatsanwalt zupfte an seinem Schnurrbart. Joséphine Beausoleil war nahe daran, in ein nervöses Schluchzen auszubrechen.

»Wahrscheinlich sind sie tot«, sagte Maigret leise, zur Decke blickend.

»Wie? Was sagen Sie?«

Madame Rivaud sprang auf, stürzte mit verzerrtem Gesicht und irrem Blick auf den Kommissar zu.

»Das ist nicht wahr! Sagen Sie, dass das nicht wahr ist!«

Wieder Schritte. Die Tür öffnete sich. Leduc trat ein, eine Haarsträhne in der Stirn, die Jacke halb zerfetzt, das Gesicht finster.

»Tot?«

»Alle beide!«

Er hielt mit ausgestreckten Armen Madame Rivaud fest, die zur Tür hinauswollte.

»Nicht jetzt …«

»Das ist nicht wahr! Ich weiß genau, dass es nicht wahr ist. Ich will ihn sehen.«

Atemlos schnappte sie nach Luft. Ihre Mutter wusste nicht mehr, welche Haltung sie einnehmen sollte. Und Monsieur Duhourceau starrte auf den Teppich. Man hätte meinen können, ihn habe die Nachricht am meisten getroffen und bestürzt.

»Wieso beide?«, stammelte er schließlich, an Leduc gewandt.

»Ich habe sie auf der Treppe und durch den Flur verfolgt. Sie konnten sich in ein offenes Zimmer flüchten und die Tür verriegeln, bevor ich dort ankam. Ich bin nicht stark genug, um eine so schwere Holztür aufzubrechen. Ich habe den Wirt rufen lassen, der kräftig ist. Durch das Schlüsselloch konnte ich sie sehen.«

Germaine Rivaud blickte ihn wie von Sinnen an. Leduc dagegen sah fragend zu Maigret, um sich zu vergewissern, ob er weitersprechen sollte.

Warum nicht? Musste man nicht das Ende des Dramas und die ganze Wahrheit erfahren?

»Sie haben sich umarmt. Sie hat sich nervös an den Mann geschmiegt. Ich hörte sie sagen:

›Ich will das nicht. Nicht so! … Nein, lieber …‹

Sie hat den Revolver aus seiner Tasche gezogen und ihm in die Hand gelegt. Ich hörte:

›Schieß, schieß, während du mich küsst.‹

Ich habe dann nichts mehr gesehen, weil der Wirt kam und …«

Er wischte sich den Schweiß von der Stirn. Trotz der Hose konnte man seine Knie zittern sehen.

»Er kam nicht mehr als zwanzig Sekunden zu spät. Rivaud war schon tot, als ich mich über ihn gebeugt habe. Françoise hatte die Augen offen. Ich habe zuerst gedacht, sie sei auch tot, aber in dem Augenblick, als ich am wenigsten darauf gefasst war …«

»Ja?«, fragte der Staatsanwalt fast schluchzend.

»Hat sie mich angelächelt. Ich habe die Tür quer vor den Türrahmen stellen lassen. Man wird nichts anrühren. Das Krankenhaus ist informiert.«

Joséphine Beausoleil schien das alles nicht ganz

verstanden zu haben. Stumpf starrte sie Leduc an. Dann wandte sie sich zu Maigret und sagte mit fassungsloser Stimme:

»Das ist unmöglich, nicht wahr?«

Um ihn herum brach Tumult aus, während Maigret reglos im Bett saß. Die Tür öffnete sich. Es war der Hotelbesitzer. Sein Gesicht war dunkelrot. Während er sprach, roch man seine Alkoholfahne.

Wahrscheinlich hatte er zur Beruhigung einen doppelten Schnaps an seiner Theke getrunken. Seine weiße Jacke war an der Schulter schmutzig und zerrissen.

»Der Arzt ist da. Soll er …«

»Ich geh hin«, sagte Leduc widerstrebend.

»Sie sind hier, Herr Staatsanwalt? Wissen Sie's schon? Wenn Sie das sehen würden! Da könnte man gar nicht mehr aufhören zu weinen. Und sie sehen schön aus, die beiden! Es ist, als ob …«

»Lassen Sie uns allein«, rief Maigret.

»Soll ich die Tür des Hotels abschließen? Auf dem Platz beginnen sich Leute zu versammeln. Der Kommissar ist nicht in seinem Büro. Es kommen Polizisten, aber …«

Als Maigret sich nach Germaine Rivaud umsah, entdeckte er sie lang ausgestreckt auf Madame Maigrets Bett, das Gesicht ins Kopfkissen gedrückt. Sie weinte nicht. Sie schluchzte nicht. Sie stieß lange, stöhnende Klagelaute aus, so erschütternd wie die Schreie eines verletzten Tiers.

Madame Beausoleil wischte sich über die Augen, erhob sich und fragte energisch:

»Kann ich sie sehen?«

»Nachher. Wenn der Arzt mit der Untersuchung fertig ist.«

Madame Maigret kümmerte sich um Germaine Rivaud, aber es gelang ihr nicht, sie zu trösten. Der Staatsanwalt sagte stöhnend:

»Ich hab Ihnen ja gesagt ...«

Die Geräusche der Straße drangen ins Zimmer hinauf. Zwei Polizisten, die auf Fahrrädern angefahren kamen, drängten die Schaulustigen zurück. Einige protestierten.

Maigret stopfte sich eine Pfeife, während er hinausblickte und – ohne dass es ihm bewusst gewesen wäre – das kleine Lebensmittelgeschäft gegenüber betrachtete, dessen Kunden er mittlerweile alle kannte.

»Haben Sie das Kind in Bordeaux gelassen, Madame Beausoleil?«

Ratsuchend blickte sie den Staatsanwalt an.

»Ich ... Ja.«

»Es ist jetzt wohl drei Jahre alt?«

»Zwei.«

»Ist es ein Junge?«

»Ein kleines Mädchen, aber ...«

»Françoises Tochter, nicht wahr?«

Der Staatsanwalt erhob sich entschlossen.

»Herr Kommissar, ich bitte Sie …«

»Sie haben recht. Nachher. Oder besser gesagt, sobald ich hier rauskomme, werde ich Ihnen einen kleinen Besuch abstatten.«

Duhourceau schien darüber erleichtert.

»Bis dahin ist alles vorbei. Was sage ich? Es ist schon jetzt alles vorbei, nicht wahr? Meinen Sie nicht, Sie sollten nach oben gehen? Das Erscheinen des Staatsanwalts ist dort sicher erwünscht, oder?«

In seiner Hast vergaß Duhourceau, sich zu verabschieden. Er eilte davon wie ein Schüler, dem eine Strafe erspart geblieben ist.

Als sich die Tür schloss, änderte sich die Atmosphäre im Zimmer. Germaine stöhnte immer noch. Sie blieb taub gegen Madame Maigrets Zuspruch, die ihr einen kalten Umschlag auf die Stirn legte. Doch sie streifte ihn mit einer nervösen Bewegung ab, worauf das Wasser langsam das Kopfkissen durchnässte.

Neben Maigret eine andere Frau, Joséphine Beausoleil, die sich wieder hinsetzte und flüsterte:

»Wenn mir das jemand gesagt hätte!«

Alles in allem eine tapfere, anständige Frau. Sie fand ihr ganzes Leben normal und natürlich. Konnte man ihr das verübeln?

Tränen stiegen ihr in die Augen, liefen ihr kurz

darauf über die Wangen und verschmierten die Schminke.

»Sie war Ihr Liebling.«

Sie genierte sich nicht vor Germaine, die wahrscheinlich gar nicht zuhörte.

»Das war nur logisch. Sie war so schön, so anmutig und so viel klüger als die andere. Es ist nicht Germaines Schuld. Sie ist immer krank gewesen und hat sich darum nicht gut entwickelt. Als der Arzt Germaine heiraten wollte, war Françoise noch zu jung. Gerade dreizehn. Nun, ob Sie es glauben oder nicht, ich habe da schon geahnt, dass sie später Scherereien machen würde. Und so ist es gekommen.«

»Wie nannte sich Rivaud in Algier?«

»Doktor Meyer. Es hat jetzt wohl keinen Sinn mehr zu lügen. Außerdem haben Sie das sicher schon gewusst, wenn Sie das alles hier bewerkstelligt haben.«

»Hat er seinem Vater geholfen, aus dem Krankenhaus zu fliehen? Samuel Meyer.«

»Ja, da hat auch die Sache mit Germaine begonnen. Auf der Station lagen nur drei Patienten mit Hirnhautentzündung. Meine Tochter, Samuel, wie sie ihn nannten, und ein anderer. Eines Nachts hat der Arzt einen Brand gelegt. Er hat immer geschworen, der andere sei schon tot gewesen, bevor man ihn in den Flammen gelassen und dann als

Meyer ausgegeben hat. Das will ich auch glauben, weil er kein schlechter Mensch war. Um seinen Vater, der Dummheiten gemacht hatte, hätte er sich ja nicht mehr zu kümmern brauchen.«

»Ich verstehe. Der andere wurde also als Samuel Meyer ins Sterberegister eingetragen. Der Arzt hat Germaine geheiratet und Sie alle drei mit nach Frankreich genommen.«

»Nicht sofort. Zuerst waren wir in Spanien. Er wartete auf Papiere, die nicht kamen.«

»Und Samuel?«

»Man hatte ihn nach Amerika geschickt und ihm geraten, nie wieder nach Europa zu kommen. Er wirkte schon damals wie jemand, der nicht ganz bei Verstand ist.«

»Schließlich hat Ihr Schwiegersohn Papiere auf den Namen Rivaud erhalten und sich mit seiner Frau und seiner Schwägerin hier niedergelassen. Und Sie?«

»Er hat mir eine kleine Rente gezahlt, damit ich in Bordeaux blieb. Ich wäre lieber nach Marseille oder Nizza gegangen. Am liebsten nach Nizza, aber er wollte mich in der Nähe wissen. Er arbeitete viel. Man kann von ihm sagen, was man will, aber er war ein guter Arzt, der einem Kranken nichts zuleide getan hätte, damit ...«

Um den Lärm von draußen zu dämpfen, hatte Maigret das Fenster geschlossen. Die Heizkörper waren warm. Der Geruch der Pfeife erfüllte das Zimmer.

Germaine wimmerte immer noch wie ein Kind. Ihre Mutter erklärte:

»Seit sie am Kopf operiert wurde, ist es noch schlimmer als zuvor. Sie war schon früher nicht fröhlich. Stellen Sie sich ein Kind vor, das seine ganze Kindheit im Bett verbringt! Später weinte sie immer wegen nichts. Und sie hatte vor allem Angst.«

Die Leute in Bergerac waren ahnungslos gewesen. Man hatte dieses bewegte, dramatische Leben in diese beschauliche Kleinstadt gebracht. Niemand hatte etwas geahnt.

Die Leute sagten: »Die Villa des Arztes ... Das Auto des Arztes ... Die Frau des Arztes ... Die Schwägerin des Arztes ...«

Sie sahen nur die hübsche gepflegte Villa, den edlen Wagen mit langer Motorhaube, die sportliche junge Frau mit den nervösen Gesichtszügen, die etwas müde wirkende Frau ...

In Bordeaux verbrachte Madame Beausoleil nach all den Aufregungen einen ruhigen Lebensabend in irgendeiner bürgerlichen Wohnung. Sie, die sich immer um den nächsten Tag hatte sorgen müssen, die von den Launen unzähliger Männer abhängig gewesen war, konnte endlich die Rentnerin spielen.

Wahrscheinlich schätzte man sie in ihrem Viertel.

Sie ging ihren Gewohnheiten nach und bezahlte ihre Rechnungen pünktlich.

Wenn ihre Kinder sie besuchten, kamen sie in einem eleganten Wagen.

Jetzt weinte sie erneut. Sie schnäuzte sich in ein zu kleines Taschentuch, das fast nur aus Spitze bestand.

»Wenn Sie Françoise gekannt hätten ... Wie sie war, als sie zu mir kam, um ihr Kind zur Welt zu bringen. Denn das war bei mir ... Wir können vor Germaine darüber sprechen. Sie weiß es.«

Madame Maigret hörte entsetzt zu, denn für sie war das die Entdeckung einer erschreckenden Welt.

Unter den Fenstern hatten mehrere Wagen geparkt. Der Gerichtsarzt war eingetroffen, ebenso der Untersuchungsrichter, der Gerichtsschreiber und der Kommissar, den man schließlich auf einem Markt in einem Nachbardorf gefunden hatte, wo er Kaninchen hatte kaufen wollen.

Es klopfte an der Tür. Es war Leduc, der Maigret mit schüchternem Blick fragte, ob er eintreten dürfe.

»Lass uns allein, mein Lieber, in Ordnung?«

Es war besser, diese intime Atmosphäre nicht zu stören. Dennoch kam Leduc aufs Bett zu und sagte leise:

»Wenn Sie sie noch sehen wollen, wie sie auf den Boden gefallen ...«

»Aber nein! Aber nein!«

Wozu sollte das gut sein? Madame Beausoleil wartete darauf, dass der Eindringling wieder verschwand. Sie wollte sich schnell alles von der Seele reden. Sie hatte Vertrauen zu diesem rundlichen Mann geschöpft, der im Bett lag und sie wohlwollend ansah.

Er verstand sie. Er wunderte sich nicht. Er stellte keine lächerlichen Fragen.

»Ich glaube, Sie haben gerade von Françoise gesprochen.«

»Ja. Nun, als das Kind geboren wurde … Aber … Wahrscheinlich wissen Sie noch nicht alles.«

»Doch!«

»Hat sie es Ihnen gesagt?«

»Monsieur Duhourceau war dort!«

»Ja, ich habe noch nie so einen nervösen und unglücklichen Mann gesehen. Er sagte, es sei ein Verbrechen, Kinder zu zeugen, weil man dabei immer das Leben der Mutter gefährde. Er hörte die Schreie. Da konnte ich ihm noch so viele Schnäpse anbieten.«

»Ist Ihre Wohnung groß?«

»Drei Zimmer.«

»War eine Hebamme da?«

»Ja, Rivaud wollte nicht ganz allein die Verantwortung übernehmen. Also …«

»Wohnen Sie in der Nähe des Hafens?«

»Direkt an der Brücke, in einer kleinen Straße, in der …«

Wieder eine Szene, die Maigret so deutlich sah, als ob er dort gewesen wäre, aber zugleich sah er noch eine andere: die, die sich genau in diesem Augenblick über ihm abspielte.

Rivaud und Françoise, die der Arzt mithilfe der Leute vom Bestattungsinstitut gewaltsam trennte.

Der Staatsanwalt war vermutlich noch bleicher als die Formulare, die der Schreiber mit zitternder Hand ausfüllte.

Und der Polizeikommissar, der noch vor einer Stunde auf dem Markt gewesen war, hatte nur seine Kaninchen im Kopf.

»Als Monsieur Duhourceau erfahren hat, dass es ein Mädchen war, hat er angefangen zu weinen. Dann hat er seinen Kopf an meine Brust gelegt, so wahr ich hier sitze. Ich dachte sogar, er würde ohnmächtig. Ich wollte ihn daran hindern, ins Zimmer zu gehen, weil …«

Sie hielt wieder misstrauisch inne und blickte Maigret verstohlen an.

»Ich bin nur eine arme Frau, die immer ihr Bestmögliches getan hat. Es wäre nicht recht, das auszunutzen, um …«

Germaine Rivaud hatte aufgehört zu wimmern. Sie saß auf dem Bettrand und starrte mit verstörter Miene vor sich hin.

Jetzt kam der schwerste Moment. Die Leichen wurden auf Bahren hinuntergeschleppt. Man hörte sie gegen die Wände stoßen.

Die schweren, vorsichtigen Schritte der Träger, die Stufe um Stufe hinuntergingen.

Eine Stimme sagte:

»Vorsicht, das Geländer ...«

Kurz darauf klopfte es an der Tür. Es war Leduc, der auch nach Alkohol roch und stammelte:

»Es ist vorbei.«

Und tatsächlich sprang draußen ein Wagen an.

11

Der Vater

Melden Sie ihm Kommissar Maigret!«
Gegen seinen Willen lächelte er, weil er zum ersten Mal hinausgegangen war, froh darüber, wieder wie alle anderen gehen zu können. Er war sogar stolz darauf wie ein Kind, das seine ersten Schritte macht.

Dennoch war sein Gang unsicher und schwankend. Der Diener hatte vergessen, ihn zu bitten, Platz zu nehmen. So musste er sich selbst einen Stuhl heranziehen, denn er spürte schon, wie ihm beunruhigende Schweißtropfen auf die Stirn traten.

Der Diener in gestreifter Weste! Das Gesicht eines Bauern, der in eine höhere Stellung aufgestiegen und darauf unendlich stolz war.

»Wenn Monsieur mir bitte folgen würde. Der Herr Staatsanwalt wird Sie sofort empfangen.«

Der Diener dachte nicht daran, wie mühsam es sein konnte, eine Treppe hochzusteigen. Maigret hielt sich am Geländer fest. Ihm war heiß. Er zählte die Stufen.

Noch acht.

»Hier entlang. Einen Augenblick.«

Das Haus war genauso, wie Maigret es sich vorgestellt hatte. Er betrat das berühmte Arbeitszimmer im ersten Stock, das er sich so oft ausgemalt hatte.

Eine weiße Decke mit schweren Balken aus lackiertem Eichenholz. Ein gewaltiger Kamin und vor allem Bücherschränke, die sich an den Wänden entlangzogen.

Er war ganz allein. Man hörte keine Schritte im Haus, denn die Fußböden waren mit dickem Teppich ausgelegt.

Obwohl Maigret es nicht abwarten konnte zu sitzen, ging er in den hinteren Teil der Bibliothek, wo ein Metallgitter und ein grüner Vorhang die Bücher vor Blicken schützten.

Es gelang ihm gerade so, einen Finger durch eine Drahtmasche zu zwängen. Er schob den Vorhang zurück, aber dahinter gab es nichts mehr, nur leere Regale!

Als er sich umdrehte, sah er Monsieur Duhourceau, der ihn beobachtet hatte.

»Schon seit zwei Tagen erwarte ich Sie. Ich gestehe …«

Maigret hätte schwören können, dass er zehn Kilo abgenommen hatte. Seine Wangen waren eingefallen. Die Falten um seinen Mund waren doppelt so tief wie früher.

»Nehmen Sie doch bitte Platz.«

Monsieur Duhourceau fühlte sich nicht wohl in seiner Haut. Er wagte nicht, seinem Besucher ins Gesicht zu sehen. Er setzte sich an seinen gewohnten Platz hinter einen mit Akten beladenen Schreibtisch.

Da beschloss Maigret, dass es barmherziger war, das Ganze mit wenigen Worten abzuschließen.

Mehrmals hatte der Staatsanwalt es ihm gegenüber an Respekt fehlen lassen. Mehrmals hatte er sich dafür gerächt. Jetzt bedauerte er ihn fast.

Ein Mann von fünfundsechzig Jahren, ganz allein in diesem großen Haus, ganz allein in der Stadt, deren höchster Beamter er war. Ganz allein im Leben …

»Ich sehe, Sie haben Ihre Bücher verbrannt.«

Er antwortete nicht, nur seine Wangen röteten sich ein wenig.

»Erlauben Sie mir, dass ich zuerst den rechtlichen Teil des Falls abschließe. Ich glaube übrigens, dass sich mittlerweile alle einig sind.

Samuel Meyer, den ich einen bürgerlichen Abenteurer nennen würde, also einen Geschäftsmann, der in verbotenen Gewässern fischt, hat den Ehrgeiz, aus seinem Sohn einen bedeutenden Mann zu machen.

Medizinstudium. Doktor Meyer wird der Assistent von Professor Martel. Er hat eine glänzende Zukunft vor sich.

Erster Akt: in Algier. Der alte Meyer bekommt Besuch von Komplizen, die ihn bedrohen. Er befördert sie ins Jenseits.

Zweiter Akt: immer noch in Algier. Er wird zum Tode verurteilt. Auf Anraten seines Sohnes täuscht er eine Hirnhautentzündung vor. Der Sohn rettet ihn.

Ist der Patient, der in seinem Namen begraben wird, da schon tot? Das werden wir wohl nie erfahren.

Der junge Meyer, der jetzt den Namen Rivaud annimmt, ist keiner, der anderen sein Herz ausschütten muss. Er ist stark und sich selbst genug.

Ein ehrgeiziger Mensch mit scharfem Verstand, der seinen Wert kennt und ihn kompromisslos einfordert.

Eine einzige Schwäche: Er verguckt sich in eine kranke Frau und heiratet sie, nur um bald darauf zu erkennen, dass sie uninteressant ist.«

Der Staatsanwalt saß reglos da. Für ihn war dieser Teil des Berichts ohne Interesse. Auf das, was nun kam, wartete er hingegen mit großer Angst.

»Der neue Rivaud schickt seinen Vater nach Amerika. Er zieht mit seiner Frau und seiner hübschen Schwägerin hierher. Seine Schwiegermutter bringt er in Bordeaux unter.

Natürlich kommt es, wie es kommen muss. Die junge Frau, die unter seinem Dach lebt, interessiert ihn, reizt ihn, und schließlich kann er der Verlockung nicht widerstehen.

Dies ist der dritte Akt. Denn in diesem Augenblick steht der Staatsanwalt kurz davor – ich weiß noch nicht, wie genau –, die Wahrheit über den Chirurgen von Bergerac herauszufinden.

Stimmt das?«

Ohne jedes Zögern antwortete Duhourceau klipp und klar:

»Ja, es stimmt.«

»Also muss man dafür sorgen, dass er den Mund hält. Rivaud weiß, dass der Staatsanwalt ein recht harmloses Laster hat. Erotische Bücher, die man beschönigend ›Ausgaben für Bibliophile‹ nennt.

Ein Zeitvertreib alter Junggesellen, die das Geld dafür haben und denen das Sammeln von Briefmarken zu langweilig ist.

Rivaud macht sich das zunutze. Seine Schwägerin wird Ihnen als hervorragende Sekretärin vorgestellt. Sie soll Ihnen mit bestimmten Unterlagen helfen und bringt Sie nach und nach dazu, ihr den Hof zu machen.

Entschuldigen Sie, Herr Staatsanwalt. Das ist nicht schwer. Das Schwierigste kommt noch: Françoise ist schwanger. Um Sie ganz in der Hand zu haben, müssen Sie davon überzeugt werden, dass das Kind von Ihnen ist.

Rivaud will nicht wieder flüchten, seinen Namen

ändern, sich eine andere Stellung suchen. Man beginnt von ihm zu sprechen. Ihm steht eine glorreiche Zukunft bevor.

Françoise gelingt es.

Als sie Ihnen sagt, dass sie Mutter wird, spielen Sie mit.

Von jetzt an werden Sie nichts mehr sagen. Man hat Sie in der Hand. Heimliche Entbindung in Bordeaux bei Joséphine Beausoleil, wo Sie Ihr angebliches Kind immer wieder besuchen.

Madame Beausoleil hat es mir selbst gesagt …«

Aus Taktgefühl vermied es Maigret, sein Gegenüber anzublicken.

»Verstehen Sie? Rivaud ist ein Karrieremensch. Ein Überflieger, der sich von seiner Vergangenheit nicht alles verderben lassen will. Er liebt seine Schwägerin wirklich. Aber trotzdem ist die Sorge um die Zukunft stärker. Er duldet zumindest einmal, dass sie in Ihren Armen liegt. Es ist die einzige Frage, die ich mir Ihnen gegenüber gestatte. Einmal?«

»Einmal!«

»Danach weicht sie Ihnen aus, nicht wahr?«

»Unter verschiedenen Vorwänden. Sie hat sich geschämt.«

»Aber nein, sie hat Rivaud geliebt. Ihnen hat sie sich nur hingegeben, um ihn zu retten.«

Maigret vermied es weiterhin, in Duhourceaus

Richtung zu sehen. Er starrte auf den Kamin, in dem drei schöne Holzscheite brannten.

»Sie sind davon überzeugt, dass das Kind von Ihnen ist. Von jetzt an schweigen Sie. Sie werden in die Villa eingeladen. Sie fahren nach Bordeaux, um Ihre Tochter zu sehen.

Und nun beginnt das Drama. In Amerika hat Samuel – unser Samuel aus Polen und Algier – vollkommen den Verstand verloren. Er hat in der Nähe von Chicago zwei Frauen überfallen und sie mit einem Nadelstich ins Herz getötet. Das habe ich in den Archiven entdeckt.

Da man hinter ihm her ist, flieht er nach Frankreich. Er hat kein Geld mehr. Er kommt nach Bergerac. Man gibt ihm Geld, damit er wieder verschwindet, aber als er geht, hat er einen neuen Anfall und begeht ein weiteres Verbrechen.

Dasselbe Muster! Erdrosselung. Nadel. Es geschieht im Wald von Moulin-Neuf, der sich von der Villa des Arztes bis zum Bahnhof erstreckt. Aber ahnen Sie schon die Wahrheit?«

»Nein, ich schwöre es.«

»Er kommt wieder. Er bringt noch eine Frau um. Er kehrt ein drittes Mal zurück, aber der Überfall misslingt. Jedes Mal hat Rivaud ihm Geld gegeben, damit er sich nicht wieder blicken lässt. Er kann ihn nicht in eine Irrenanstalt einsperren und erst recht nicht verhaften lassen.«

»Ich habe ihm gesagt, das müsse enden.«

»Ja, und deshalb hat er seine Vorkehrungen getroffen. Der alte Samuel ruft an. Sein Sohn sagt ihm, er solle kurz vor dem Bahnhof aus dem Zug springen.«

Der Staatsanwalt war kreidebleich geworden, zu keinem Wort, keiner Bewegung imstande.

»Das ist alles. Rivaud hat ihn getötet. Nichts durfte sich zwischen ihn und die Zukunft stellen, zu der er sich berufen fühlte. Nicht einmal seine Frau, die er früher oder später an einen besseren Ort geschickt hätte! Denn er liebte Françoise, mit der er eine Tochter hatte. Diese Tochter, die ...«

»Genug!«

Da erhob sich Maigret so selbstverständlich wie nach einem ganz gewöhnlichen Besuch.

»Es ist vorbei, Herr Staatsanwalt.«

»Aber ...«

»Wissen Sie, die beiden waren ein leidenschaftliches Paar. Ein Paar, für das es keine Hindernisse geben durfte. Rivaud hatte die Frau, die er brauchte: Françoise, die sich ihm zuliebe mit Ihnen einließ.«

Er sprach nur noch zu einem bedauernswerten Mann, der zu keiner Reaktion mehr fähig war.

»Das Paar ist tot. Zurück bleibt eine Frau, die nie sehr klug oder gefährlich war: Madame Rivaud. Sie wird eine Rente beziehen und mit ihrer Mutter in einer Wohnung in Bordeaux oder anderswo leben. Die beiden werden den Mund halten.«

Er nahm seinen Hut, den er auf einen Stuhl gelegt hatte.

»Für mich ist es jetzt an der Zeit, nach Paris zurückzukehren, denn mein Urlaub ist zu Ende.«

Er ging ein paar Schritte auf den Schreibtisch zu und streckte die Hand aus.

»Adieu, Herr Staatsanwalt.«

Als sein Gesprächspartner eilig seine Hand ergriff – mit einer Dankbarkeit, die eine Flut von Wörtern zur Folge haben konnte –, sagte Maigret schnell:

»Vergessen wir das alles!«

Er folgte dem Diener in gestreifter Weste hinaus, ging über den in der Sonne glühenden Platz und erreichte nicht ohne Mühe das Hôtel d'Angleterre, wo er zum Wirt sagte:

»Heute für mich endlich die *truffes à la serviette*, die *foie gras du pays* … Und die Rechnung! … Wir verschwinden!«

Hôtel de France et d'Angleterre, La Rochelle,
März 1932